CURIOSITÉS VÉNÉRÉOLOGIQUES

LA FRANCÉIDE

ou

LE MAL FRANÇAIS

POËME BURLESQUE

de JEAN-BAPTISTE LALLI (de Norcia)

Traduction, Notes et Notices

PAR

Le Dʳ L. LE PILEUR

Lauréat de la Faculté
Médecin de Saint-Lazare.

Ouvrage orné d'un Portrait et de deux Fac-similés.

I

CLERMONT (OISE)

IMPRIMERIE DAIX FRÈRES

3, PLACE SAINT-ANDRÉ, 3

1902

LA FRANCÉIDE

OU

LE MAL FRANÇAIS

POËME BURLESQUE

Cet ouvrage a été tiré à 100 *exemplaires*
dont 20 *sur papier de Hollande numérotés.*

LA FRANCÉIDE

OU

LE MAL FRANÇAIS

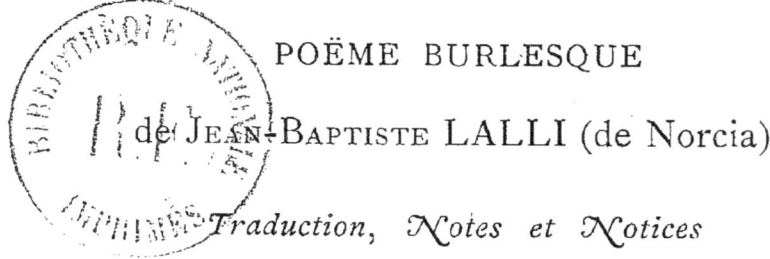

POËME BURLESQUE

de JEAN-BAPTISTE LALLI (de Norcia)

Traduction, Notes et Notices

PAR

LE Dʳ L. LE PILEUR

Lauréat de la Faculté
Médecin de Saint-Lazare.

~~~~~~~~

Ouvrage orné d'un Portrait et de deux Fac-similés.

I

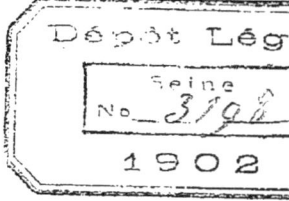

CLERMONT (OISE)

IMPRIMERIE DAIX FRÈRES

3, PLACE SAINT-ANDRÉ, 3

—

1902

FRANCEIDE
OVERO
DEL MAL FRANCESE.
Poema Giocoso.

DEL DOTTOR
GIO: BATTISTA LALLI
DA NORSIA.

Al Serenissimo Signore
ODOARDO FARNESE
Duca di Parma, &
Piacenza, &c.

Con aggiunta delle Rime Gioco-
se del medesimo Autore.

IN FOLIGNO,
Appresso Agostino Alterij 1629,
Con licenza de' Signori Superiori.

AVANT-PROPOS

———

Le titre qui est placé en regard de cette page est la reproduction exacte de celui qui existe sur l'édition de Foligno, l'une des deux premières de ce poème de Lalli (1). C'est un petit volume in-12 de 123 millim. de hauteur. On y compte 237 pages, et il est imprimé en caractères italiques.

Après la dédicace et l'introduction du poème viennent trois sonnets et un sixain adressés à l'auteur, puis les six chants du poème qui est écrit en octaves (strophes de huit vers). On trouve ensuite une Eglogue, un faux-titre pour les poèmes badins, une lettre de l'imprimeur au lecteur terminée par sa marque en cul-de-lampe (2), dix Epitres comiques, un second faux-titre pour les Sonnets travestis de Pétrarque, et enfin dix-neuf de ces sonnets.

Telle est la description exacte du petit volume que je trouvai, il y a quelques années, sur les quais. — Peu connu, quoique cité par Astruc (T. II, p. 917) et toutes les bibliographies vénériennes, peu commun car on le rencontre rarement en librairie, j'eus l'idée d'en donner une traduction et d'inaugurer avec elle les CURIOSITÉS VÉNÉRÉOLOGIQUES *que mon ami le*

———

(1) Imprimé la même année à Venise et à Foligno. (Voir bibliographie, p. VI.)

(2) Cette marque est reproduite à la fin de ce volume.

Dr Henri Fournier *me demandait pour son intéressante Revue.*

Lalli a divisé son poème en six chants.

Après une introduction très fine, dans laquelle il fait solliciter auprès d'Apollon l'admission de son poème au Parnasse, il prend pour point de départ de sa fiction la haine de Junon et de Vénus. Les Furies sont chargées par l'épouse de Jupiter d'aller chercher au Nouveau-Monde un Mal encore inconnu en Europe et qui prend sa source dans le libertinage. Elles reviennent en Italie et déversent leur cargaison sur les troupes assemblées autour de Naples.

L'auteur décrit alors le mode de contagion le plus habituel, sa propagation par la prostitution et par les armées, enfin l'étonnement, la stupéfaction, la surprise douloureuse de tous à la vue de ces accidents, de ces délabrements absolument inconnus.
Aux cris de désespoir poussés par ses nombreux clients, Vénus accourt, suivie de l'Amour. Le Dieu malin se fait méchant et menace, mais en vain, Jupiter de sa vengeance. Alors sa mère supplie Esculape de venir à son aide.

Le Dieu de la Médecine est lui-même effrayé de tant de ravages et, pour se faire une opinion, il passe une revue sanitaire de toutes les troupes, idée assez originale pour être remarquée, puisque c'est la première fois qu'en badinant on propose une mesure d'hygiène qu'on a eu tant de peine à instituer depuis.

Cette occasion d'une description comique des blessés de l'amour n'est pas perdue pour le poète qui, mê-

lant habilement la vérité à l'hyperbole, nous dépeint sous les plus tristes couleurs les différents symptô- mes objectifs des syphilis graves. — Puis survient la discussion sur le nom que doit porter cette mala- die, et, par un anachronisme bien permis aux poëtes, Lalli fait trancher la question par le Défi de Bar- letta. Est-il besoin de dire que la rencontre fameuse des vingt-six chevaliers n'eut jamais un pareil motif ? Naturellement les Français sont vaincus et leur nom demeure attaché à la maladie.

Cependant Esculape édifié par ce qu'il vient de voir fait une description poético-médicale, mais pourtant très judicieuse, de ce Mal nouveau. On peut affirmer d'après cela ou que Lalli savait par cœur Fracastor, et peut-être même Fernel, ou qu'il avait parmi ses amis un médecin fort instruit, bien modeste en tout cas, car il n'a pas permis au poète de le laisser devi- ner, ou qu'enfin il connaissait bien ce Mal parce qu'il était syphilitique, lui aussi, comme peuvent le faire supposer la lésion artérielle dont il était atteint et qui a fini par l'emporter, ainsi que l'observation si vraie de la strophe 76 du VIᵉ chant.

Esculape résume ensuite, avec une grande exac- titude, l'étiologie, les symptômes et la marche du Mal. Puis il prescrit une hygiène sévère, indiquant quelques remèdes locaux et vantant surtout l'emploi du Gayac, prescriptions qui servent encore de thème aux plaisanteries de l'Auteur.

Gonsalve reçoit de Vénus l'ordre d'envoyer à la recherche du Saint-Bois. Il confie cette mission aux vainqueurs du Tournoi qui, après avoir triomphé des difficultés, des obstacles, des enchantements sans nombre suscités sous leurs pas par la vindicative Junon, reviennent pourtant sains et saufs et vendent le fameux remède à tous ceux qui en demandent.

Cette vente, qui fait l'objet du sixième chant, est pour le poète l'occasion d'une de ces énumérations comme on en rencontre souvent dans les poèmes du Moyen-Age et de la Renaissance. Lalli fait ainsi défiler devant le lecteur plus de quatre-vingts villes, ce qui lui permet des critiques souvent amères sur ses voisins et même sur ses compatriotes. Cette litanie est, il faut l'avouer, un peu longue pour nous qui ne sommes pas au courant des dictons, des proverbes locaux et même des reproches que pouvaient se faire alors toutes ces petites municipalités, ces petites républiques ou principautés qui constituaient l'artichaut si habilement mangé par César Borgia, et dont les nombreuses rivalités devaient persister encore, au moins par tradition, du temps de l'auteur.

Je dirai, en terminant, que, si on se place au point de vue médical, c'est bien certainement le plus charmant, mais le moins médical des livres spéciaux ; par contre, c'était un livre utile aux gens du monde de ce temps-là. C'est de la vulgarisation scientifique en jolis vers. Description assez exacte, très exacte même parfois, hygiène excellente, sages conseils et traitement semblable à celui que prescrivaient tous les médecins de cette époque. Je dis les médecins et non les chirurgiens, car les premiers, à l'inverse des seconds, n'ordonnaient le mercure qu'à leur corps défendant, quand ils ne le prohibaient pas avec horreur. Il en est de même ici, et le syphiligraphe qui a servi de modèle à Lalli ne devait pas avoir pour ce souverain métal un penchant bien prononcé, car son poétique inter-

prète ne prononce qu'une seule fois le mot de Vif-
argent (1) ; encore n'est-ce peut-être que pour amener
un jeu de mots, et ne le propose-t-il, en tout cas, que
comme un topique à peu près inutile pour des acci-
dents que l'auteur attribue à la syphilis et qui ne lui
appartiennent pas.

Pour ces raisons je n'ai pas cru devoir, sauf dans
quelques rares exceptions, mettre des notes patholo-
giques, car on n'annote pas un vulgarisateur, sur-
tout quand la poésie vient lui donner toute licence. Je
me suis donc borné à commenter les passages un peu
obscurs que j'ai pu élucider ou dont l'intelligence
aurait demandé au lecteur une recherche qui se se-
rait traduite par une perte de temps. Au XXe siècle
on n'en a jamais de trop.

(1) Chant III, Str. 10.

BIBLIOGRAPHIE

DES ŒUVRES

de J.-B. LALLI de (Norcia).

~~~~~~~~~~

Moscheide, overo Domitiano moscheicide.		Vicence	1619
Id.		Venise	1624
Id.		Milan	1626
Id.		id.	1630
Id.	in-22	Bracciano	1640
Franceide, overo del Mal Francese con aggiunta delle Rime giocose.	in-12	Foligno	1629
Id.		Venise	1629
Id. Bib. N. Yd. 6180	in-12	Paris	1765
Tito, overo la Gerusalemme desolata.		Venise	1629
Id.		Milan	1630
Id.	in-22	Foligno	1635
Opere poetiche cive : la Franceide, la Moscheide, Geruzalemme desolata, Rime giocose, Rime del Petrarca in stil' burlesco. Appresso Donato Fontana et Gioseffo Scaccabarozzo. Bib. N. Yd. 2549	in-12	Milan	1630
Eneida travestita. — Pistole giocose.		Rome	1633
Id.	in-12	Venise	1635
Rime sacre.		Foligno	1637
Egloghe e ultime poesie (ouv. posth.).		Rome	1638

IO. BAPTISTA LALLIVS A NVRSIA AT. SVÆ ANN. LXIII

Poete Italien né en 1572. mort en 1657

NOTICE SUR J.-B. LALLI [1]

ean-Baptiste Lalli naquit à Nor-
cia [2], en 1572, et y mourut
hémiplégique, à l'âge de 64 ans,
le 3 février 1637.

Jurisconsulte et poète, c'est surtout cette
dernière qualité qui fit connaître cet auteur,
et empêcha son nom de tomber dans l'oubli.

A quinze ans il avait déjà fait un poème
sur Saint Eustache, et à vingt ans la mort
du grand capitaine Alexandre Farnèse, blessé
à mort en 1592 devant Caudebec, en combat-
tant pour la Ligue contre Henri IV, lui inspira

(1) Voir Niceron (Mémoires T. 33). — Tiraboschi. (Trad.
Landi T. 5. Bib. N. Z. 31776.— Biographie Didot. — Grande
Encyclopédie.
    La Bibliothèque nationale possède deux portraits de
J.-B. Lalli. Celui qui est reproduit ici dans les mêmes di-
mensions, paraît être le plus authentique et parce qu'il est
le plus ancien et parce que sa facture et sa simplicité sont
des caractères qu'on rencontre souvent dans les portraits
de la fin du XVIᵉ ou du commencement du XVIIᵉ siècle.
    L'autre, entouré d'un cartouche à rinceaux, est pas mal
postérieur au premier, ne lui ressemble pas et a plutôt l'air
d'un portrait fait *de chic.*

(2) *Norsia* et mieux *Norcia* est l'antique *Nursia.* Ville
de l'ancienne Ombrie, elle fit plus tard partie des Etats de
l'Eglise. Elle eut pendant longtemps une particularité curieuse : Les chefs de sa municipalité portaient le nom d'*Il-
lettrés,* parce qu'ils ne devaient savoir ni lire, ni écrire.

des vers latins qu'il adressa au nouveau chef
de cette puissante famille.

Une pension de cent ducats fut sa récompense et lui permit d'aller étudier le droit à
Pérouse ; aussi conserva-t-il toute sa vie une
profonde reconnaissance pour ses bienfai-
teurs.

Reçu docteur en droit en 1598, son esprit
judicieux et réfléchi le fit employer à diverses négociations et missions diplomatiques,
dans lesquelles il réussit. Il fut alors nommé
gouverneur de Tessennano [1], puis podestat
de Foligno [2], quelque chose comme Maire
et Préfet de notre temps.

Devenu sourd, il se retira de la vie publique et vécut à Norcia en continuant à s'occuper de travaux littéraires.

Les rares biographies qui parlent de lui
sont, du reste, absolument muettes sur l'existence de ce poète modeste, que les avantages
de la renommée paraissaient peu séduire,
malgré ses plaintes fréquentes sur la triste
situation réservée aux disciples d'Apollon.

Il m'a été impossible, par exemple, de trouver aucun renseignement précis sur cette

---

[1] Tessennano, et non Tessenano, est une petite commune
de la province de Viterbe.

[2] Ville des Etats de l'Eglise. Le 6 février 1801 un ar-
mistice y fut conclu entre la République Française et le
Roi de Naples.

Académie des *Torbidi* à laquelle il fait allusion dans son Introduction de la *Franceïde* et qui fait le sujet d'un de ses opuscules : *Egloga dell'agitato Academico torbido*. En faisait-il partie ? — Dans quelle ville existait-elle ? — La brochure d'Edouard Cleder sur l'Académie italienne des *Intronati*, brochure dans laquelle se trouve une liste des Académies les plus importantes du XVIe siècle en Italie, ne contient pas celle-là. C'est un pur hasard qui m'en démontra l'existence et m'en indiqua la situation probable, au moment où je désespérais d'arriver à un résultat. Un catalogue de Teschner, que j'eus l'heureuse idée de parcourir, offrait en effet cet article : *Amore prigioniero in Delo, torneo fatto da Signori academici Torbidi in Bologna li XX di Marzo* 1628 (*per Giacinto Lodi*). — In Bologna, per gli suredi di Vittorio Benacci, G. d. in-f° vélin (15 grandes planches signées H. Coriolani).

Ce très bel ouvrage que j'ai pu consulter[1] prouve qu'en 1628, un an avant la publication de la *Franceide*, l'Académie des Torbidi, très probablement fondée à Bologne, y avait organisé un tournoi ou pour mieux dire un

---

[1] Je n'avais pas encore vu ce volume quand, pressé par l'imprimeur, j'ai écrit la note de la page 16. C'est ce qui explique l'erreur que j'ai commise alors en parlant d'un *Concours de poésie*.

grand ballet en plein air, dont le sujet était :
l'Amour captif à Delos ; que G. Lodi en avait
donné la description, et que H. Coriolani en
avait dessiné les différentes et nombreuses
entrées. A part ce fait assez important, je n'ai
pu me procurer d'autres détails sur ce sujet.

En dehors du temps que réclamait de lui
l'administration publique, Lalli consacra à
la poésie ses instants de liberté et, plus tard,
les loisirs que lui faisait son infirmité, car on
a vu qu'il avait toujours manifesté pour le
culte des Muses une grande prédilection.

La facilité et l'élégance de son style peuvent même faire regretter qu'il ne se soit
pas exclusivement et de tout temps consacré
à cet art, dans lequel il serait arrivé certainement à occuper un rang très éminent, en
corrigeant des imperfections qui sont plutôt
des négligences que des fautes, mais qui
suffisent cependant à empêcher ses œuvres
d'être de parfaits modèles et, ainsi que le dit
l'auteur de la *Biographie Didot*, ne permettent pas de placer ce poète au nombre des
Testi di lingua.

Dire qu'il eût mieux réussi dans le genre
sérieux, dont son poème *Tito o Gerusalemme
desolata* nous donne à peu près le seul exemple, serait peut-être un avis aventuré, car son
goût le portait évidemment vers la poésie ba-
dine et même burlesque.

La gaîté, la verve dont il fait preuve, sans brutalité, sans aucune des images grossières qui se rencontrent dans les productions d'autres pays et à la même époque, témoignent bien que le génie de son esprit était plus enclin à rire et à exciter le rire qu'à versifier sur un ton pompeusement lyrique ; mais son rire est toujours convenable, et, si le sujet graveleux ne lui fait pas peur, ses sous-entendus, présentés avec esprit et à propos, se comprennent sans jamais choquer. C'est ce que les Français du XVIIIe siècle ont appelé le *mot couvert*, dans lequel à leur tour ils ont tant excellé.

On a dit, et c'est vrai, qu'il usa peu des *Concetti* ; ceci seul serait un éloge ; mais il y a plus à dire, et on trouve à chaque instant dans ses écrits un souffle qui, sans prétendre à une grande force, et même sans autre qualité qu'une grande douceur, est bien suffisant pour caractériser le vrai poète.

Cependant ce fut sans aucune idée de publicité qu'il écrivit ses diverses compositions, et la preuve en est l'époque tardive de sa vie où il les publia.

Il avait, en effet, quarante-sept ans quand parut pour la première fois la *Moscheide, overo Domitiano moscheicide,* poème en quatre chants (Vicence, 1619).

Le succès de ce joli badinage, écrit, comme

il le dit lui-même, ainsi que de ses autres
œuvres, pour ses amis, pour son entourage,
et non pour le public proprement dit, l'en-
couragea à cultiver de plus en plus ce genre
très goûté en Italie et que cent ans plus tard
devait immortaliser Casti.

Ainsi que plusieurs *Sonnets* de Pétrarque
qu'il mit en vers burlesques, il travestit
l'*Enéide* (1633), comme Scarron devait le
faire quelques années après (1649-1652) ; mais
chacun est d'accord pour mettre la finesse du
poète Italien bien au-dessus de la gaîté pois-
sarde de l'auteur du *Roman Comique.*

Avant ces deux œuvres, Lalli s'était laissé
tenter par un sujet que bien des auteurs, pro-
fanes en médecine, avaient abordé avant lui,
et il avait écrit son poème : *Franceide, overo
del Mal Francese,* poème qui introduisit son
nom dans la bibliographie médicale et assura
à son auteur une bonne place parmi ceux
que l'étrangeté du sujet avait seule attirés.

Je ferai remarquer à ce propos que, si la
syphilis est de toutes les maladies qui affli-
gent l'humanité celle qui a été décrite et
commentée par le nombre d'auteurs médicaux
le plus considérable, c'est également celle
dont se sont le plus occupés, et dans tous les
temps, les gens étrangers à cette science.

Sans parler des prosateurs comme Grün-

peck de Burkausen qui était prêtre, et comme
Ulrich de Hutten qui fut poète, novateur et
lansquenet, qui furent tous deux syphilitiques,
mais dont aucun ne fut médecin, on est surpris
de voir combien ce Mal étrange alors, et encore
plus étrange à mesure que les progrès de la
science en ont mieux fait connaître les effets,
inspira la verve poétique de littérateurs qui
n'avaient aucun rapport avec la science d'Esculape.

Ouvrez en effet la bibliographie vénérienne
de Proksch et, à côté des deux grands noms
de Villalobos et de Fracastor, vous verrez
ceux de vingt-cinq poètes, philosophes, clercs,
mais point du tout médecins, qui ont trouvé
ce sujet digne de leur Muse et qui, en latin,
allemand, espagnol, italien ou français, l'ont
plus ou moins heureusement traité, avec plus
ou moins de développement, plus ou moins
de souci de l'exactitude scientifique.

Et cela n'est-il pas bien explicable ? — Au
moment où la Renaissance dissipait les sombres ténèbres du Moyen-Age, ressuscitant en
leur rendant tous leurs charmes les gracieu-
ses légendes du paganisme, conservées sous
une forme très naïve par les trouvères et
troubadours, où les arts se symbolisaient en
Italie par une alliance plus mondaine que
canonique entre les Dieux de l'Olympe et les
personnages du Nouveau Testament, où

l'Eglise même, sortant du gothique rigide,
éclairait ses nefs et y admettait des figura-
tions saintes plus réalistes que les statues
hiératiques des siècles précédents, où l'imprimerie venait d'être découverte, semblait-il,
pour multiplier à l'infini la Bible, qui était
l'ancienne loi, et, en même temps, les pensées
les plus hardies des philosophes novateurs,
comment s'étonner qu'un Mal jusqu'alors
inconnu, dont l'étiologie était contestée, sinon
ignorée, parce que les plus hauts intérêts
exigeaient cette ignorance et y trouvaient
leur compte, qu'un Mal dont l'astrologie
cherchait à découvrir la source dans les
étoiles et que la religion présentait comme
une punition divine, comment encore une fois
s'étonner que, dans toute cette grande effer-
vescence de la pensée, les imaginations se
soient donné carrière à son sujet, et que :

..... du grave au doux, du plaisant au sévère,

nombre de gens se soient intéressés à cette
terrible nouveauté, si fertile en situations
dramatiques ou comiques ?

Comme, d'ailleurs, aucune donnée historique, aucune prohibition religieuse ne venait
contredire les suppositions ou réfréner la
pensée, cette nouveauté, plus que toute autre,

laissait l'esprit complètement libre des plus grands écarts.

Et cependant ces auteurs en chantant la vérole, croyaient-ils conquérir par elle l'immortalité ? — J.-B. Lalli pouvait-il songer en écrivant ses vers, que près de quatre siècles après lui, son nom revivrait par ce poème, et que sa traduction ferait peut-être le bonheur de quelques médecins curieux de l'an de grâce mil neuf cent deux ?

LA FRANCÉIDE

ou

LE MAL FRANÇAIS

POÈME BURLESQUE

du Dr Jean-Baptiste LALLI (de Norcia)

Au Sérénissime Seigneur, Odoardo Farnèse duc de Parme et de Plaisance [1].

Sérénissime Seigneur ;

 *u moment où je dédiais à Votre Altesse Sérénissime les prémisses de mon poème Titus Vespasien ou Jérusalem désolée, pour renouveler l'humble hommage d'un ancien serviteur, dévoué à la glorieuse mémoire de M. le duc Ranuce, votre père, j'ai été entraîné par quelques amis, à laisser publier ce badinage de poëte, composé l'un des étés derniers pour mon amusement. Je voulais rire un peu de jeunes libertins pris au piège, mais l'idée ne me serait jamais venue de l'imprimer. Ces amis, avec l'autorité que je leur ai laissé prendre, me signi-*

(1) Odoardo ou Edouard Farnèse régna de 1626 à 1646. Il n'eut pas les vices de ses ancêtres et n'eut de commun avec eux que sa monstrueuse corpulence.

A

fièrent que, dussent-ils se passer de mon assentiment, ils avaient résolu de ne pas laisser plus longtemps cet opuscule inédit et en danger de se perdre. J'ai dû me rendre à leur aimable insistance et me suis décidé à le faire paraître, lui aussi revêtu du sceau précieux de votre Nom Sérénissime.

Quoiqu'il doive sembler, à première vue, sans proportion avec votre Grandeur, il me suffit qu'il soit conforme à votre modestie exemplaire, à l'honnêteté, à la candeur de vos mœurs et que vous y puissiez trouver parfois une distraction agréable dans vos études les plus sérieuses, dans les fatigues inséparables du gouvernement de vos États si vastes, si prospères. C'est leur gloire d'appartenir à un maître qui, dans la fleur de la jeunesse, l'emporte en prudence et en sagesse sur tous ceux de notre temps et dont on doit attendre avec les années, la perfection, l'excellence que l'on peut humainement désirer pour un Prince. Dieu veuille faire suivre d'heureux et brillants succès la grandeur de vos débuts ; qu'il me donne l'occasion de me montrer constamment en des choses plus importantes, le plus humble de vos serviteurs, tandis qu'avec une humilité profonde je m'incline devant vous et me recommande à votre grâce.

De V. A. Sérénissime, le très humble serviteur,

JEAN-BAPTISTE LALLI.

INTRODUCTION

—

La sentinelle du Parnasse, les Muses,
Apollon, Clytie (1) *secrétaire d'Apollon.*

a sentinelle : Aux armes, aux
armes, voici du monde, aux
armes !

Les Muses : Qu'est ce que ce
bruit, ce fracas ?

La sentinelle : Aux armes, vous dis-je,
voici du monde, aux armes !

Dindindon, dindindon.

Apollon : Pourquoi tant de cris et cette
cloche appelant aux armes ? Faut-il que j'aille
moi-même savoir la cause de ce bruit extraordinaire ?

La sentinelle : Oh, Sacrée Majesté, la cause
de ce bruit est plus importante qu'elle ne

(1) Fille de l'Océan et de Thétys, fut aimée d'Apollon.
Délaissée pour sa sœur Leucothoé, elle s'étendit sur le dos,
dit la Fable, et fixant sans cesse le soleil, voulut se laisser
mourir de faim. Apollon la métamorphosa en Héliotrope
ou Tournesol.

paraît. Il vient d'arriver un homme qui, avec la « Furia Franceze » (1), voulait par son choc et sa force enfoncer la porte et prétendait entrer au Parnasse avec quelques mauvais vers de sa façon, et, si je n'avais pas été sur mes gardes, ce brave homme me mettait dedans.

Apollon : C'est une chose très grave ; chacun veut trancher du poëte, chacun veut entrer au Parnasse ; il ne suffit pas de bons gardes et de sentinelles pour la sûreté des passages, les téméraires veulent entrer de force ; ils ne craignent pas les corrections que je leur inflige, les sifflets qu'on fait entendre à ceux qui, sans mon consentement et mon privilège, mais d'eux-mêmes se sont introduits audacieusement dans ce Sénat unique et sans égal. Mais quel est le téméraire, l'insolent qui a montré de telles prétentions. Dis-le moi vite, que je le punisse comme il l'a mérité.

La sentinelle : Je ne sais qui ce peut être, car, dès qu'il s'est vu découvert, il s'est enfui à toutes jambes ; mais il a laissé tomber quelques paperasses ; voyons ce qu'elles contiennent.

---

(1) Je laisse cette expression en Italien parce que, à cette époque, elle était tout à fait inconnue en France. Balzac dans son Traité de la Cour (1639) est le premier qui l'ait employée en Français, la citant comme une locution d'audelà des Monts.

Apollon : Lis, lis vite.

La sentinelle : LA FRANCEÏDE ou du MAL FRANÇAIS, poème burlesque du docteur Jean-Baptiste LALLI, de Norcia. Ainsi, nous aurions été affublés du Mal Français au Parnasse. Il ne nous manquait plus que cela.

Apollon : Connaissez-vous cet homme ? C'est à vous, Muses, que je le demande.

Les Muses : Sacrée Majesté, en dehors des anciens, comme Jérome Catena [1], et les autres, nous ne connaissons de poëte moderne de Norcia et dont les œuvres aient été publiées, que le Père Louis Verucci [2]. Votre Majesté sait, en effet, qu'un ami fidèle et sûr de l'auteur envoya au Parnasse, il y a quelques mois, aux applaudissements et à la joie des lettrés, l'*Ermite Antoine*, poème sacré de ce Père, où l'on admire autant l'élévation et la gravité du style que la justesse et la fermeté de la doctrine. Se conformant, d'ailleurs, aux plus rigoureux préceptes des meilleurs juges, il chante une seule action, un seul héros et montre que nous, les très chastes et très douces filles de V. M., nous pouvons nous livrer au plaisir aimable

(1) Littérateur né à Norcia au 16ᵉ siècle, secrétaire du Cardinal Riario, fut membre de l'Académie des *Affidati*.

(2) Verucci (Ludovico) di Norcia, Abate Francesco Ciroccio, fulginate (de Foligno), auteur d'un poëme sacré, L'*Ermite Antoine* imprimé à Foligno en 1628 par Agostino Alteri (dictionnaire de Melzi).

de la poésie héroïque, sans le fer homicide de Mars et sans les ardeurs impudiques de Vénus.

Apollon : Vous dites vrai et je le sais parfaitement, car ce poème étant supérieur dans son genre, je l'ai déjà placé dans le temple de l'immortalité, avec l'assentiment, non du vulgaire et de la plèbe ignorante, mais des esprits plus élevés, des professeurs les plus habiles dans les lettres et des plus grands maîtres en poësie. Je ne vous parle donc pas de l'auteur de l'Ermite Antoine, mais je vous demande à vous, Muses, si vous connaissez ce Jean-Baptiste Lalli ?

Les Muses : Pas moi ! Ni moi ! Ni moi ! Ni moi !

La sentinelle : Doucement, doucement de grâce, je me souviens maintenant ; c'est celui qui nous donna, il y a quelques années, un si rude assaut avec toute une armée de mouches. Ne vous rappelez-vous pas, Sire, la MOSCHÉIDE ou DOMITIEN LE MOSCHICIDE[1]. C'est lui certainement. Il n'est pas étonnant qu'il soit plus importun qu'une mouche. Voyez dans quels sujets fous il tourne et s'alambique le cerveau.

Apollon : Il me semble impossible que cet homme, qui persiste à faire des vers, n'ait

(1) Poëme burlesque de Lalli publié à Vicence en 1619.

pas quelque intelligence secrète avec une des Muses. Je veux absolument savoir tout cela. Holà ! Venez toutes ici, Muses, dites-le moi franchement, si vous ne voulez pas encourir ma colère. Qu'est-ce que ce Jean-Baptiste Lalli ?

Les Muses : Sire, nous répondrons d'un commun accord et avec sincérité à V. M. que nous ne savons quel il est, et qu'aucune de nous n'a jamais eu de relations, de familiarité ni de correspondance avec lui.

La sentinelle : Sérénissime Apollon, les Muses disent la vérité. Moi qui veille sans cesse à la garde de ce lieu élevé, je certifie à Votre Majesté que Lalli n'a aucune correspondance avec le Parnasse. Je crois plutôt qu'il a perdu non seulement son temps mais sa raison à compulser le Digeste, les Codes, Bartolo, Baldo [1], et qu'il est devenu presque sourd, grâce aux clameurs importunes des clients indiscrets et aux bavardages des plaideurs. Ses rapports infructueux avec des gens qui, presque toujours, payent d'un grand merci les fatigues de son travail, ne lui ont jusqu'à présent valu que des regrets. Je me souviens, cependant, d'avoir vu de lui

(1) Baldo ou Balde de Ubaldis, jurisconsulte du 14e siècle 1324-1400. Encore plus pédant que son maître Bartolo, il fut de cette école que Cujas fit heureusement disparaître. Mordu par son chien qui était enragé, il mourut en 1400, le même jour, dit-on, que son frère Angelo Baldo.

quelques lettres à Clytie, secrétaire de Votre Majesté, mais je ne sais pas quels sont ses rapports avec elle.

Apollon : Qu'as-tu à répondre toi, Clytie ?

Clytie : Je dirai l'exacte vérité à Votre Majesté, sans lui rien cacher. Vous saurez que je connaissais le penchant naturel de cet homme aux travaux poëtiques et que, souvent priée par lui de le mettre au service et dans les bonnes grâces de quelque Muse, sans y pouvoir jamais réussir, je cherchai, par pitié, à l'alimenter des restes que laisse toujours à ma disposition la table opulente de V. M. et des Muses. C'est avec ce faible soutien qu'il a nourri son instinct naturel. Peut-être venait-il m'apporter lui-même, en remercîment de ma bonté, sa bizarre composition. Je ne dois pas taire à V. M. que, lui ayant donné un bon morceau de ce gâteau feuilleté si précieux qui restait du festin de la fête des Muses, il s'est mis à faire des poèmes héroïques et a déjà publié quatre chants de son Titus Vespasien. J'ose pourtant représenter avec respect à V. M. que si elle le regardait avec un seul rayon de bienveillance, Lalli pourrait s'élever un peu et se distinguer dans sa nouvelle entreprise. Il est plongé dans l'affliction, n'ayant personne pour le présenter à V. M. La mort lui a ravi son unique soutien, l'invincible et magnanime duc RANUCE FARNÈSE, dont la fastueuse bienfaisance le combla des grâces les plus grandes et V. M. sait que la faveur des princes donne aux auteurs l'inspiration et la renommée.

Apollon : Ce généreux prince a laissé pour héritier de sa valeur et de sa magnificence, aussi bien que de ses états, le jeune duc ODOARDO, son fils, dont l'âme héroïque peut faire espérer à Lalli des preuves semblables, et non moins belles, de sa protection.

Clytie : C'est ce qu'on verra certainement quand Lalli se présentera comme très humble et ancien serviteur de sa famille, car on connaît déjà la valeur croissante de ce très noble seigneur qui fait renaître l'espérance dans l'Univers. Dès le berceau, grâce à la prudence et aux soins éclairés de sa mère, la Sérénissime et jamais assez louée duchesse MARGUERITE ALDOBRANDINA [1], il a reçu, avec le lait royal, toutes les hautes qualités, la dignité, la valeur d'un prince comme lui, faisant voir à tous qu'il est né souverain et mérite une souveraineté plus grande. Ainsi

---

[1] Marguerite Aldobrandina ou Aldovrandina était nièce du pape Clément VIII. Elle épousa Ranuce Farnèse et en eut cinq enfants : 1° Alexandre, qui mourut jeune, 2° Edouard qui succéda à son père, 3° François-Marie devenu cardinal en 1645, 4° Marie, 5° Victoire. Toutes deux duchesses de Modène. (Muratori. *Annales des Familles nobles d'Italie*.)

donc, plaise à V. M., donner l'ordre qu'on introduise au Parnasse la FRANCEÏDE.

Apollon : Oh ! pour cela non. Nous préfé·rons (attendu qu'elle contient des substances morbides) qu'elle fasse la quarantaine ordinaire dans un lieu très éloigné d'ici, puis, si l'on juge qu'elle le mérite, on lui donnera une place proportionnée à sa valeur.

Clytie : Je ne puis ni ne dois m'abstenir de recommander vivement cette question à la clémence de V. M., en lui rappelant humblement qu'autrefois ont comparu au Parnasse des poèmes sur des sujets plus rebutants, plus dangereux que celui-ci. On ne leur a pas cependant refusé un coin dans ces illustres demeures ! V. M. sait qu'il y a quelques années FRACASTOR [1], ce génie d'une autre contrée, lui fit présenter son poème, de la *Syphilis* ou du *Mal français*. Elle l'accueillit très bien et trouva bon que l'auteur obtint dans le monde le titre de poëte divin, comme on le voit encore sur le piédestal de la statue qui lui fut élevée à Vérone, sa patrie. De plus, quand Fracastor dédia cet ouvrage, admiré de tous, au cardinal Bembo [2], le docte et célèbre cardinal tint

---

(1) Né à Vérone en 1483 y mourut en 1553. Il publia son poëme fameux en 1530 (Vérone in-4°), traduit en dernier lieu par le professeur Alf. Fournier (Paris 1869).

(2) Bembo fut élève de Lascaris, puis secrétaire de

à honneur la dédicace. Il ne semble donc pas à propos que, sans autre motif, la sentinelle ait fait aujourd'hui tant de tapage en sonnant la cloche d'alarme et que V. M. conçoive aucun soupçon.

Apollon : Le poème de Fracastor est écrit dans un style héroïque et plein de grandeur ; il est sérieux et abonde en maximes.

C'est par là qu'il mérite de passer à la postérité la plus reculée. Mais ici, je ne sais comment a fait Lalli, un coup d'œil jeté à la dérobée sur une strophe, me fait voir que non seulement son style manque de gravité, mais qu'il est badin pour ne pas dire bouffon et même burlesque.

Clytie : Votre Majesté sait qu'aux sujets plaisants il faut un style plaisant, facétieux, piquant, vif et même salé. Si Lalli, dans un sujet qui prête à rire, a tâché d'être amusant, point absolument nécessaire en poësie, je ne crois pas qu'il ait négligé ou mis en oubli d'être utile par des conseils dignes et louables.

Apollon : Nous verrons bien.

Clytie : Je rappelle encore très humble-

Léon X en même temps que Sadolet. A la mort de ce pape, il fut nommé Garde de la bibliothèque de Saint-Marc. Paul III le fit cardinal en 1539. De mœurs assez faciles, ce fut toute sa vie un ami des lettres. Il poussait son amour pour la pureté de la langue latine, jusqu'à ne jamais lire son bréviaire dont la vulgarité aurait pu gâter son style.

ment à V. M. qu'en agréant les fruits des montagnes Sibyllines [1], elle encouragera beaucoup d'esprits élevés qui les habitent à envoyer au Parnasse des choses de valeur plus grande. La nouvelle Académie des Torbidi [2] vient en effet de se fonder et, sur ce terrain qui fut toujours fertile en beaux esprits, on voit éclore les jacinthes et fleurir les charmantes roses qui non seulement rem-

[1] On nommait ainsi les montagnes de la Campanie voisines de Cumes, où la fameuse Sybille rendait ses orales, ce qui leur fit donner son nom.

[2] Je n'ai pas de renseignements précis sur cette académie sinon qu'elle existait réellement comme le prouve une Eglogue de notre auteur imprimée à la suite de la Francéïde « Dell' agitato academico Torbido. » Un concours de poësie eut justement lieu à Bologne le 20 mars 1628 entre des Académiciens de ce nom (torneo fatto da signori academici Torbidi in Bologna) ; Giacinto Lodi fut un des concurrents, et c'est à ce récent évènement que Lalli fait certainement allusion. — Il y avait en Italie, depuis le commencement de la Renaissance, une foule de petites académies locales, plutôt cercles littéraires qu'académies, et dont un grand nombre finirent au XVIII° siècle par ne plus être que de simples cercles. Elles tiraient leur nom d'une localité, d'une plaisanterie à la mode, d'un jeu de mots, du caractère de leurs membres etc. C'est ainsi qu'on trouve l'Académie dei Fantastici à Rome, celle des Affidati à Pavie dont était J. Catena ; que la ville d'Urbin possédait l'Académie des Assourdis (Assurditorum ou Obscurdescentium). N'avons-nous pas à Paris le cercle des Pommes de terre, des Ganaches, des Mirlitons et.... des pieds crottés ! Il est vrai que ce sont des surnoms.

Quoi qu'il en soit le sens ici n'est pas très clair. Académie des *Torbidi* peut vouloir dire en effet des gens troublés, toqués, ou des gens sévères, rigides. Peut-être aussi ce nom vient-il du fleuve Torbidone qui coulait dans la région ?

plissent de leur suave odeur les pays d'alentour, mais font les délices de la florissante ville de Rome. Que V. M. daigne donc ouvrir la route aux autres, en agréant ce petit poëme.

Apollon : Je permets que, grâce à tes prières affectueuses, on admette l'ouvrage à cinquante piques du Parnasse. Quant à la demande d'introduction chez nous :

Nous admettons, si cela est admissible en droit, qu'il y sera pourvu spécialement en temps et lieu, réservant ce qui doit être réservé, vérifiant ce qui doit être vérifié, et donnant le délai voulu à Momus, Archilagus, Marullus, Aristarque, Zoile, Bavius, Mœvius, et autres de la même farine, pour qu'ils puissent faire opposition à cette œuvre, la censurer, la critiquer et la déchirer de la pire manière, etc., etc. [1].

(1) Dans le texte, ce jugement burlesque est en latin, pour mieux faire la parodie du style judiciaire de l'époque.

CHANT PREMIER.

ARGUMENT.

Junon, sous l'aiguillon de l'envie, s'enflamme de colère contre les sujets de Vénus et entreprend de souiller du Mal Français le royaume de sa lascive rivale.

I

J'entends qu'on me dit à l'oreille : cher ami, chante un peu en style de bon compagnon. Sonner de la trompette ne rapporte pas une figue ; tu en tireras peu d'honneur, moins encore de profit. Tu sais par expérience quelle peine on se donne à chanter la guerre sur un ton grave et pompeux. Conte nous, en langage de bouffon, ce que le Mal Français vaut de douleurs et de larmes.

2

Au moment où j'essaie de le faire en ces rimes plaisantes et badines, Muse, tends-moi le feuillage salutaire et désiré du Gayac. Qu'un autre prenne le laurier, pour moi je veux arroser celui-là des sources de Castalie [1], puis en faire un breuvage pour l'imprudent malade, avec les eaux de mon humeur bouillante et désordonnée.

3

Lis mes vers, toi seulement, l'homme de bonne humeur, mais pas toi, l'homme trop sérieux. Je les ai faits pour les moments d'ennui, pour les jours de canicule ou de carnaval. Mon style n'est pas toujours le même ; tantôt il s'abaisse, tantôt il s'élève et, comme mon caprice [2], sautille plus ou moins. C'est la variété qui fait la beauté de la nature.

4

Prince ! quand l'heure est venue de détendre l'arc, de vous reposer des affaires sérieuses et de vous alléger du pesant fardeau du gouvernement, détournez un instant vers mes rimes joyeuses vos profondes pensées qui n'ont jamais rien de folâtre. Toi, chanteur profane, n'approche pas des oreilles chastes et pieuses.

(1) Nymphe aimée d'Apollon qui la métamorphosa en fontaine. Ses eaux avaient la faculté de donner l'inspiration poëtique, à ceux qui en buvaient.

(2) Calembourg intraduisible, Grillo veut dire Grillon et fantaisie, caprice, probablement par analogie avec la marche sautillante du petit orthoptère ami des vieilles cheminées et des champs paisibles.

5

L'aigle éployée que vos illustres aïeux d'Autriche ont pour armes, ne monte pas toujours vers la sphère éthérée sans arrêter et suspendre quelquefois son vol ; mais se donnant quelque repos, elle ne dédaigne pas de se poser sur un humble tronc d'arbre, puis déployant ses ailes avec plus de force, elle va prendre les foudres de Jupiter.

6

On sait que Junon et Vénus, en querelle depuis mille ans et plus, échangèrent à propos de Troie plus d'une taloche, s'arrachant leurs bonnets et le reste de leur toilette, se cherchant dispute tous les jours, ravivant leur haine et redoublant les coups. Ah ! quelle moisson de fer sortit de cette pomme d'or qui leur fit un jour envie !

7

Mais ce qui vexe le plus Junon et lui fait faire des folies sans mesure, c'est qu'à Vénus, chacun tire son chapeau, tandis qu'elle, personne ne songe à la saluer. Passant d'une idée à l'autre, résolue à faire un malheur, elle étouffe de colère et reste un bon quart d'heure à se gratter la tête.

8

« Ainsi, disait-elle, les amis de celle que
« je hais seront toujours en fêtes et en chan-
« sons ! J'en creverai, si je ne les envoie tous
« se pendre et si je ne change leurs baccha-
« nales en pleurs. Ils verront quel mal peut
« leur faire celle qui les met aujourd'hui si
« fort en joie. » Elle dit et, à la vue du bonheur des autres, son cœur envieux se remplit
de fiel.

9

Enfin, après avoir, dans sa fureur, imaginé
cent et cent choses, elle descendit sur la terre et vint chercher les Furies armées de ser-
pents. Dès qu'elle eut fait connaître son projet à Pluton, ces monstres arrivèrent et, roulant des yeux à faire peur ; « Que veux-tu ? »
dirent-elles en lui baisant les mains.

10

« Ecoutez, dit Junon, écoutez, vous qui
« toujours soumises au Maître du tonnerre,
« sur un signe de lui courez punir la gent
« rebelle. Si jamais votre fureur de vipères
« sans pitié, sut inventer des fléaux pour le
« malheur du monde, voici pour vous une oc-
« casion nouvelle et digne de vos talents.

B

11

« Le monde a perdu la raison et, dans sa
« folie, ne connaît plus que Vénus. A jamais
« est disparue l'ancienne, la bonne coutume
« d'adorer Jupiter ; son culte est tombé dans
« l'oubli. L'homme, fou de luxure, ne pense
« qu'à manger, à dormir, à ne rien faire ;
« il n'a plus de frein et chacun se plonge
« dans la débauche.

12

« Parmi les maux si variés dont la boîte
« de Pandore infesta la terre, il en manque
« un, plus important je crois, et qui n'est
« pas encore éclos. Je voudrais qu'il se mon-
« trât, pour le malheur des hommes, et fît
« une horrible guerre aux libertins, car leur
« débauche est si générale que la moutarde
« m'en monte au nez.

13

« Il faut trouver un Mal particulier, con-
« tagieux, qui, sans cesse, torture la femme
« et le débauché qui foulent aux pieds l'hon-
« neur et l'honnêteté ; un Mal, qui dans
« l'acte amoureux passe de l'un à l'autre en
« même temps que les transports de la pas-
« sion et tel, que d'un sexe à l'autre, se ré-
« pande le venin de cette peste immonde.

14

« Bien loin des régions où nous sommes, dans celles que son vol audacieux fit atteindre à Colomb, là où le matin commence, tandis qu'ici le soleil couchant fait place aux ombres de la nuit, un destin cruel engendra ce Mal, qui n'a jusqu'à présent affligé que le peuple de ces contrées. Pandore le répandit là, bien loin de nous qui ne l'avons jamais connu.

15

« Les anciens sages croyaient que le monde finissait aux Colonnes d'Hercule, mais, plus bas, sont une terre et une mer immense qui, achevant le cercle, se rejoignent à nos pays. Il faut donc transporter ce Mal immonde, de ces rivages lointains au nôtre, puis en répandre les semences, d'où naîtront de cruelles douleurs.

16

« Allons, mes chéries, mettez-vous bien vite à ce digne ouvrage, je vous l'ordonne au nom de celui qui règne là-haut avec moi. C'est ainsi qu'il veut punir les hommes, plutôt que les frapper d'autres flèches. Infligez aux libertins toutes les for-

« mes de ce Mal ; nous en aurons le plaisir,
« vous l'honneur.

17

« O Déesse ! répondirent les Furies, c'est
« vraiment nous inviter à une noce, que de
« nous donner de pareils ordres. Nous au-
« rions de nous-mêmes offert de prendre part
« à une œuvre si grande, si magnanime.
« Nous te ferons voir nos talents et tu pour-
« ras en admirer les effets. Retourne à pré-
« sent au-dessus des étoiles, car notre haleine
« fait noircir la peau.

18

Comme des chats sortant d'un sac, les Furies déchaînées, hideuses, s'élancèrent, en
haut, en bas, allant à leurs autres affaires,
mais bientôt elles reparurent, déployant toutes leurs forces pour ce grand travail. Cha-
cune d'elles alluma sa torche, et c'est ainsi
qu'en courant partout, les scélérates couvrent de feu ce monde, qui est fait d'é-
toupe.

19

Elles se tinrent coites tant que Maître Apollon éclaira le monde de sa grande lanterne.
Elles avaient peur de se casser le cou au choc
d'un seul de ses rayons. Mais lorsqu'enfin

il mit sa tête dans l'eau, pour se laver sans savon dans la mer, elles coururent derrière lui tout enragées, comme des gamins poursuivant un chien à coups de pierres.

20

Ainsi les Furies, battant des ailes, courent dans la nuit, toujours à bride abattue. Elles font en une demi-heure cent mille milles, ce qu'un autre ne pourrait faire en bien des années. Mais qui racontera les affreux malheurs qu'elles causent partout en un clin d'œil, lançant leurs dards et leurs feux, laissant blessés ou estropiés les gens qu'elles rencontrent.

21

Ces monstres du Tartare sillonnent la vaste mer sans avoir besoin de navire, ils traversent les limites de la terre, dépassent Abyla et Colpe, [1] où sont les Colonnes d'Hercule, enfin ils atteignent, au delà de nos contrées, les royaumes nouvellement conquis ; ils y trouvent une foule immense et la demeure leur paraît en somme agréable à voir.

(1) Les Monts Abyla en Afrique et Colpe ou Calpe en Espagne portaient chacun une colonne dédiée à Hercule, en souvenir de la séparation des continents que le demi-dieu avait opérée, pour faire communiquer l'Océan avec la Méditerranée.

22

La plupart de ces gens avait des sandales ferrées de plaques d'or, d'autres leurs bottes rapiécées de morceaux d'or brillants, les houes sont en or, ainsi que les aiguillons ; des socs d'or labourent la terre ; dans les cuisines, casseroles, chaudières, cuillers à soupe, cuillers à pots, tasses, tout est en or et par milliers.

23

Je ne vous dis rien de la quantité de chaînes qui sont de tous côtés, chaînes d'or fin, dont tout bon poëte devrait être attaché. Je ne parle pas de ceux de ma taille, je ne suis, moi, qu'un poëte à bon marché. D'autres chantent inspirés par l'amour ; moi je chante par entraînement et pour m'en passer la fantaisie.

24

Les Furies s'étonnèrent de ne voir nulle part de miroir d'aucune sorte, je parle de ceux devant lesquels restent jour et nuit les femmes, c'est à en mourir. Au lieu des oreilles, c'est la lèvre qu'elles ornent de pierres précieuses et à toutes leurs ouvertures naturelles elles mettent çà et là des anneaux comme on fait au nez des buffles.

25

Les rats en bandes nombreuses dansaient la Gaillarde ou l'Espagnolette [1], d'autres jouaient à la prime, à la banqueroute, à l'estafette ; [2] on aurait dit la foire du pays des rats ; bref, ils menaient tout à la baguette, car le chat qui les croque, n'était pas encore descendu sur ces bords.

26

Cependant les Furies, quelqu'étrange que fût ce pays, trouvèrent enfin quelques unes de leurs très aimables sœurs. Du premier coup d'œil elles reconnurent leur sang, on se donna la main et, traversant la mer des éternelles ombres, elles se retirèrent dans certaine caverne, leur demeure.

27

Les voyageuses dirent aux autres ce que Dame Junon voulait d'elles ; sa colère, sa haine de Cypris et de ses adorateurs ; qu'elle avait recours aux Enfers et leur demandait de faire à ses ennemis tout le mal possible ; qu'en un mot elles venaient chercher ce Mal pour mettre l'ancien monde sens dessus dessous.

(1) La Gaillarde était une vieille danse française. L'Espagnolette ou l'Espagnole était une danse de ce pays, analogue au menuet.

(2) Jeux de Cartes.

28

C'est assez, répondirent les autres, si Junon ne veut que le Mal; nous lui en enverrons tant qu'elle en voudra, non seulement par la poste, mais en déluge. Elle se vengera là-haut de la race libertine et à les voir se chamailler, Pluton mourra de rire.

29

Ainsi parlait à ses compagnes, de même farine, la troupe menteuse et traîtresse. Puis elle les conduit dans un bordel [1] où se réunit d'ordinaire la gent perverse. Elles y trouvent plus d'un Marcellus achevant de pourrir dans cet ignoble fumier, plus d'une Troie qui, là, peu à peu, et sans y penser le moins du monde se consume dans les flammes [2].

(1) Sous peine de commettre un anachronisme, j'ai dû employer ce mot que les convenances n'admettent plus. Mais les euphémismes par lesquels nous l'avons remplacé, n'existaient pas au XVIIe siècle et il ne faut pas oublier que Dante l'a mis dans sa Divine Comédie :

Ahi serva Italia di dolore ostello,
Nave senza nocchiero in gran'tempesta.
Non donna di provincie, ma bordello.

(2) Le sens de cette strophe est assez difficile à comprendre au premier abord. Que signifie la présence dans un mauvais lieu, d'un héros du poëme de Virgile ? Cependant, je crois que l'explication de cette énigme est donnée par la Strophe 78 du Chant III. Je pense que l'auteur, par ironie, donne à la poësie et aux poëtes une place ignominieuse par contraste avec celle qu'ils méritent et qu'ils devraient occuper.

30

Les Furies passent et repassent, voltigeant de çà, de là, remuant cette horrible masse de venin, choisissant le plus nuisible et le plus cruel ; puis prenant congé des autres, elles les quittent. On s'adresse les saluts les plus aimables : « Que le ciel t'écrase ma sœur ; » l'autre répond : « Va-t'en au diable ! »

31

Elles en remplirent trois urnes, d'où s'élevèrent de grands nuages de vapeur empestée. Ces monstres affreux croisèrent leur vol dans les airs, emportant ce Mal dégoûtant. A leur passage, la grande voûte du ciel perdit son éclat, et elles mêlèrent aux vents un air immonde et empoisonné.

32

Déjà courait la quatre-vingt-seizième année (1) du quinzième siècle, quand ce fléau redoutable parvint en Europe. Ah ! je trem-

---

(1) Léonicène, M. Cumanus, Jacques Catanée, etc., ont tous donné 1495 comme date de l'apparition en Europe de la Syphilis. L'Edit du Parlement de Paris (mars 1497 nouveau style) paraît également indiquer comme exacte cette date confirmée par le document de Sœur Jeanne de l'Hôtel-Dieu de Paris (septembre 1496). Lalli se trompe donc d'une année en assignant à 1496 la date de l'Epidémie de Syphilis qui paraît bien avoir été le début de cette maladie en Europe.

ble encore en le racontant. Il jeta l'épouvante en Italie que la guerre couvrait de ses feux, alors que la France et l'Aragon menaçaient les flancs de la belle Parthénope [1].

33

Suivant un très habile astrologue, au moment où ce Mal cruel envahit la terre, Saturne et Mars tenaient sur l'Ascendant [2] un conseil de guerre. Vénus, tremblante et folle de peur dans la septième Maison, [3] avait dans la sixième et presque à son talon, l'horrible tête du cruel Dragon.

34

Sur la porte de la huitième, au risque de se casser le cou, le Soleil, en colère et comme un soudard vigoureux et hardi, regardait le derrière de la Lune, Mercure, en flammes et forcené, ouvrait la porte de la mort. Dans la douzième auberge, Jupiter se tenait tout seul, mangeant une assiette de soupe.

(1) Naples.

(2) Expression d'astrologie.

(3) On appelait les douze signes du Zodiaque, les douze *Maisons du Soleil*. Elles se nommaient : Maisons 1º de Vie, 2º des Richesses, 3º des Frères, 4º des Parents, 5º des Enfants, 6º de Santé, 7º du Mariage, 8º de la Mort, 9º de la Piété, 10º des Offices, 11º des Amis, 12º des Ennemis. — Lalli joue de ces superstitions et sa verve y puise à pleines mains.

35

Vint ensuite la saison où les gens reprennent haleine et se réchauffent ; la saison où Favonius [1] souffle joyeusement et envoie la neige au diable, où le grand Pégase, à la fois dolent et gaillard, s'emporte aux caprices de la paillardise, exhale avec sa trompette ses plaintes amoureuses, maudit son licou et appelle sa cavale.

36

La terre faisait renaître les herbes et les fleurs, les jardiniers semaient des potirons, les hirondelles revenaient, les chiens se grattaient avec leurs dents, les grenouilles, musiciennes bruyantes, chantaient l'amour dans les marécages, et les escargots, de leurs cornes charnues, ouvraient leurs prisons [2].

37

Les Furies, voyant le moment venu de semer cette maladie et que tous s'abandonnaient aux folies amoureuses, ne voulurent pas attendre le Carnaval. Parcourant les airs dans

(1) Le Zéphyr des Grecs.
(2) On sait qu'au commencement de l'hivernage l'Helix Pomatia se protège contre le froid au moyen d'une sécrétion calcaire dont elle obture l'entrée de sa coquille, sécrétion qu'elle ramollit et perce au printemps.

l'obscurité, elles répandirent la fatale et mortelle semence, qui tomba comme une grêle, comme des flèches aiguës, mais dont la nature ne fut pas alors bien connue.

38

Les gouttes brûlantes de ce Mal cruel tombent sur les gens chauds d'amour et souillés de luxure, châtiment de leur faute et de leurs honteux désirs ; puis s'élève lentement une flamme douloureuse qui mord et consume le cœur. Le Mal passe d'une personne à l'autre, s'attache à sa chair et s'y accumule.

39

L'homme s'unit à sa maîtresse et, dans le jeu d'amour, l'infecte bientôt. Elle, pourtant, ignore son Mal. Comme l'oiseau qui voltige autour de la chouette, elle ne se doute de rien ne prend aucun soin et, quand elle reçoit un autre galant, elle lui donne le germe funeste qu'elle propage comme les rejetons d'une racine véreuse.

40

Ainsi lorsqu'un arbre vigoureux et beau renferme dans sa moelle un ver mortel, son feuillage, au retour de la saison nouvelle, témoigne de sa langueur, jusqu'à ce qu'un fer tranchant en arrache la cause funeste ; car ni la pluie, ni le soleil ne peuvent lui rendre son premier aspect et sa vigueur.

41

Ainsi, goutte à goutte, peu à peu, sort du creux d'un rocher un large fleuve ; ainsi d'une étincelle, naît une mer de feu, et de la lueur de l'aube, une grande lumière ; ainsi l'amour, dans ses rires, dans ses jeux, active la flamme en secouant les matelas, de même un petit nuage grandit, couvre le ciel et inonde le pays.

42

Les belliqueux et trop galants escadrons parcourent la campagne, les rivages de la grande mer et les contrées que baignent le Crathis, le Sarnus, le Vulturnus, l'Aufidus et le Liris [1] ; ils cherchent à prendre dans leurs filets, un essain de jeunes filles, à leur faire partager leurs aveugles désirs ; ils s'en vont goûtant de celle-ci, de celle-là, comme d'un morceau de veau.

43

De nos jours, le soldat a la détestable ha-

[1] Actuellement, le Crati, le Sarno, le Vulturno, l'Ofanto, le Gariglilano, rivières du Royaume de Naples ou de l'ancienne Campanie. Le Sarno fut presque détruit par l'Eruption du Vésuve en 79 de l'Ere chrétienne.

bitude d'aller jouer et danser dans les mauvais lieux, pour le malheur commun et sa
honte ineffaçable ; hardiment il parcourt tous
les alentours sans mesure, sans frein, sans
honneur et, au lieu de montrer son audace
à la guerre, il est le milan ravisseur de l'honneur d'autrui.

44

Mais, à côté de celles qu'ils ne séduisaient
que difficilement, beaucoup d'autres, débau-
chées, impudiques, et qui pourtant voulaient
passer pour honnêtes, sous prétexte de ven-
dre des poires, des figues, tournaient librement autour d'eux. Elles se donnaient pour
des poulettes et c'était, à les entendre, comme
par force qu'elles devenaient poules.

45

Ainsi, voilà Finamour, la louche, dont un
des yeux est de travers et qui n'en paraît que
plus belle, de même que le ciel n'a sur sa
belle voûte qu'un soleil, mais qui fait pâlir
toutes les étoiles. Sur le point de lancer une
flèche, on abaisse devant un de ses yeux son
parasol [1] ; ainsi fait-elle et, dans la guerre
d'amour, elle est le plus doux, le plus terrible et le plus fameux des archers.

[1] Sa paupière, on cligne un œil.

46

Voici Lilla, la boiteuse, qui sait, au son de la musette, exprimer les idées les plus différentes. Un de ses pas vous dit oui, l'autre, figurant un non, vous enlève tout espoir. Elle est à la fois aimable et dédaigneuse ; toute à la joie, elle danse de son pas inégal. Ses pieds s'accordent bien avec la musique, l'un fait le dessus, l'autre la basse.

47

Voilà Martillina, qui met aux gens martel en tête, quoique sa bouche soit un peu de travers, sans parler de sa tignasse crépue et de ses grandes oreilles qui ressemblent aux anses d'un cabas. Elle prend à son filet plus d'un oiseau, tant elle est adroite, elle semble une arbalète à balle dont l'arc est tordu, mais qui fait pourtant de bons coups.

48

Voilà Delia, au grand nez ; Dieu quel nez ! On dirait la tour penchée des Asinelli [1]. Au-dessus, deux sourcils rasés à leur jonction ; un cercle noir entoure les yeux. De tels attraits ont inspiré tant d'amour à ses

(1) A Bologne.

beaux chevaliers, qu'elle est, à leurs yeux, Vénus en personne et la reine des femmes.

49

Voilà Nérina, à la peau noire et bouffie. Avec ses grandes moustaches, c'est une fine marchande qui a conduit mille femmes dans les lacets de l'amour. Dis-lui deux mots et ce soir même, elle mettra dans tes bras celle que tu aimes, pourvu que ton amour ne lui ménage pas, à elle, l'or et l'argent.

5o

O cloche infâme du temple infernal, vipère qui cache le poison dans son sein, briquet au choc duquel le cœur étincelle, filet qui prend tes victimes dans le feuillage et les fleurs, tison de l'Averne aux feux mortels, sirène des gouffres profonds, pierre sur laquelle Amour aiguise ses dards, fléau, ruine de l'honneur !

5 1

Celles-là n'étaient pas seules dans les armées, il s'en trouvait mille autres de la même race, la luxure affolait, enivrait les soldats. Le Mal tombait sur eux comme, à l'aube, la rosée sur la terre. L'onde monta bientôt jusqu'aux genoux, aujourd'hui nous en avons deux pieds par-dessus la tête.

52

On crut d'abord, comme le croit encore un de mes amis, que c'était la Rogne [1], puis on appliqua un onguent fait de mauve et d'axonge, mais quand le mal est dans le ventre, les emplâtres ne suffisent plus, il faut avaler des cinquantaines de pilules, des sirops et des médecines.

53

Les Furies, d'un trait d'arbalète, annoncèrent leur retour à Junon qui était en train de dîner. Elle avait à peine avalé une cuillerée de soupe, mais une chaîne n'aurait pu l'empêcher de se mettre bien vite à la fenêtre et, à l'aide d'une sarbacane [2], les Furies lui racontèrent en un instant toute l'affaire.

54

« Nous avons volé jusqu'à l'autre monde « par une route plus encombrée qu'un champ « d'orties, nous avons traversé la terre, la « mer profonde et les passages les plus dif- « ficiles à franchir. La chose est faite, fai-

(1) Rogna. Nom générique et populaire en Italie de beaucoup d'affections cutanées.

(2) Au 16ᵉ et au 17ᵉ siècle, on employait les Sarbacanes, comme tuyaux acoustiques, pour communiquer d'une pièce ou d'un étage à l'autre.

« tes-en une autre, en nous payant de notre
« peine, car nous avons apporté le Mal en
« telle quantité que le monde est déjà un
« océan de pleurs. »

55

Junon, pour montrer son savoir-vivre, sa
courtoisie et sa générosité innée, leur donna
une rente perpétuelle et garantie pour les
siècles à venir. Le titre en fut fait sur par-
chemin, bien écrit et authentique ; elle les
nomma surintendantes de ce Mal et leur donna comme privilège :

56

Que tout individu qui gagnerait, par sa
faute, le Mal français deviendrait leur vassal ;
aurait à verser chaque mois un torrent de
larmes ; serait condamné, sans recours, aux
fers les plus pesants, mis au pain et à l'eau
sans qu'on lui donnât à manger rien de ce
qui plaît aux gourmands.

57

Les voix enrouées, les gémissements, les :
« Ah ! comme j'ai été bête ! », les cheveux qui
tombent, les pustules, les croûtes, les couleurs d'un déterré, les maux de dents conti-

nuels [1], la douleur incessante des jointures, les yeux crevés, les nez rongés, les piques rognées [2], tout cela fut donné aux Furies pour les enrichir.

(1) Opinion fausse qui persiste encore chez bien des gens et qui attribue à la syphilis la perte des dents.

(2) Allusion plus que transparente aux amputations partielles et naturelles de la verge par le phagédénisme.

CHANT DEUXIÈME

ARGUMENT

Esculape et la Déesse d'amour passent une revue générale des Affranciosati [1]. *Le parti français est vaincu dans une joute, son nom est donné au Mal scélérat qui consume le cœur.*

I

aples, ce Mal infernal qui t'arrive au maillot, ne s'arrête pas seulement dans tes murs ; il pullule dans tous les climats, menaçant, cruel, sans pitié. Il se nourrit de chair humaine, ce petit devenu géant, et partout il élève des montagnes, non de rochers, mais de cadavres hideux.

2

Comme le chien enragé, en inoculant à un autre une goutte de son écume, lui communique et la rage et sa fureur qui brûle et consume les os et les moelles, de même, une

(1) J'ai préféré laisser le mot italien, car forger un mot français était impossible et la traduction littérale : *Gens atteints du Mal Français*, n'avait aucun sel.

étincelle de ce Mal cause un si terrible incendie que sa flamme inextinguible épuise, énerve et détruit le corps peu à peu.

3

Lorsqu'au retour de la saison nouvelle les épines se couvrent de fleurs, puis lorsque déposant leur belle chevelure, les arbres se dépouillent de leur feuillage desséché, c'est à qui des deux saisons sera plus cruelle à ces pauvres malades ; la naissance et la chute des feuilles leur ôtent la force vitale et redoublent leurs douleurs.

4

Oh ! comme résonnait dans la vaste campagne une voix plaintive, quand le monstre, de sa dent féroce, avait détruit un nombre immense de victimes ; lorsque, hideux de souillure et de sang, il répandait sa rage et son venin, sans que thériaque ou tisane pussent l'empêcher d'atteindre le cœur et de s'y étendre.

5

« Amour amer, disaient les malades, qu'est-
« ce que cela ? Quel déluge de malheurs nous
« inonde ? Quelle flamme nous brûle, nous
« torture, nous empoisonne ? Quelle furie
« galope sur nous à bride abattue ? Quelle

« tempête nous submerge ? Quel horrible
« venin avons-nous absorbé ? A quel affreux
« servage nous destine Vénus, notre reine
« ou plutôt notre ruine ? »

6

« Les fleurs de notre arbre sont flétries,
« son feuillage (1) est dispersé par la tem-
« pête, son fruit desséché a perdu son hu-
« meur vitale, ses rameaux sont réduits en
« cendre, les racines meurent, ainsi que le
« tronc qui verse au moment de sa chute
« des larmes de deuil, car si Jupiter en
« courroux ne l'a pas foudroyé, il a reçu la
« flèche plus douloureuse de l'archer fran-
« çais. »

7

Le souverain Jupiter avait entendu souvent les cris de ces malheureux. L'Amour
lui reprochait tant de maux infligés à ses
fidèles ! Vénus aussi lui fit connaître l'amer-
tume de son cœur en le voyant, lui, le Père
des Dieux, laisser ainsi désoler son royaume.

8

« Ah ! disait l'Amour, quelle peste nou-
« velle trouble encore mon bonheur ? Sa

(1) Jeu de mots sur cheveux et feuillage et faisant allusion à l'alopécie syphilitique.

« beauté sera-t-elle donc toujours, pour ma
« mère, une cause de chagrins ? Junon sent-
« elle se réveiller sa haine implacable pour
« le berger Troyen ? Veut-elle dans son res-
« sentiment reprendre ses anciens com-
« plots ? »

9

« Je reconnais bien ses intrigues ; elle
« veut bouleverser notre royaume. Mais vous,
« sur le trône majestueux de la Justice, pour-
« quoi favoriser ses projets impies ? On sait
« pourtant que, moi aussi, je prends souvent
« les armes, on sait combien ma colère est
« terrible et si, pour venger mon honneur
« de l'outrage, la main, la force et les flèches
« me font défaut. »

10

« Oui, oui, que je dirige un de mes traits
« les plus terribles contre vous, contre Ju-
« non ! Je vous rends amoureux de celui-ci,
« de celle-là ; je vous change en vache ou en
« taureau. Par moi, des maux qu'on a se-
« més, vous recueillerez le fruit au centuple
« et cette pierre reviendra porter un coup
« redoutable à qui l'a lancée ».

11

« Au lieu d'une Danaé, d'une Europe, d'une
« Léda, je vous ferai l'amant d'une charo-

« gne, d'une effrontée sans foi, couverte de
« plaies, misérable, inconstante, portant avec
« elle tous les malheurs, ayant les traits d'une
« momie, d'une guenon et recélant dans son
« corps immonde, l'affreuse peste dont vous
« avez inondé la terre ».

12

Jupiter sourit alors, mais d'un sourire hau-
tain et majestueux. « Petit garçon, dit-il,
« calme-toi, laisse-là ta colère. Si quelque-
« fois tu m'as dompté, si j'ai goûté l'amou-
« reux poison tu ne dois pas cependant avoir
« l'audace de vouloir nous soumettre à ton
« empire ».

13

« Ces nœuds me furent toujours chers, je les
« appelais de mes vœux ; mes blessures fu-
« rent toujours volontaires et jamais cet arc,
« dont tu te vantes, ne fut employé sans mon
« expresse volonté. Qu'il te suffise donc
« d'être mon ministre et toujours prêt à
« m'obéir au moindre signe ; ces armes sont
« à moi et toi, qui es aveugle, tu ne lances
« tes flèches qu'avec mes yeux ».

14

« Enfant insensé, ne t'enorgueillis pas
« trop. Quand je le voudrai, je briserai ton

« arc et tes flèches. Je sais le moyen de cal-
« mer cet orgueil, de t'arracher les cheveux
« et de te plumer les ailes. Non, non, tel je fus
« toujours pour toi, tel je veux être, mais sa-
« che que tu tiens de moi ces armes fatales,
« et ne te fais pas géant, d'enfant que tu es,
« en osant menacer jusqu'au maître du Ton-
« nerre ».

15

« Et toi, lampe brillante du troisième ciel,
« joie du monde, fille chérie, laisse-là le cha-
« grin qui s'empare de ton cœur. N'aie pas
« l'air si courroucé, quoique ta figure en s'en-
« flammant de cette jolie colère n'en soit que
« plus charmante. Montre-toi tant que tu
« voudras irritée contre tout le monde, ta
« colère ravive le feu d'amour ».

16

« Ce Mal cruel, cause pour toi d'un si
« grand chagrin, nous ne l'avons pas produit
« dans un moment de passion aveugle et mé-
« chante, ni pour te faire tort. Mais si le
« monde se jette aveuglément dans la dé-
« bauche, je dois le condamner à une juste
« peine, et tu ne dois pas considérer comme
« un affront ce que nous faisons dans notre
« gouvernement particulier ».

17

« Il faut que l'homme, perdu de vices, dès
« à présent subisse une peine, car il court
« obstinément, sans frein, sans retenue, dans
« la voie où l'engagent ses sens aveugles, et,
« pour sauver de la mer immense le vaisseau
« de l'homme sensuel qui manque le port, il
« faut le dérober à la tempête par la crainte
« de cet écueil ».

18

« Puis, s'il y touche, s'il brise et coule son
« vaisseau, qu'il s'en prenne à la légèreté
« de sa cervelle. Ma foudre ne menace que
« celui qui, comme un ignoble oiseau, con-
« voite une ignoble proie. Je sais que c'est à
« toi et à l'Amour de défendre vos vassaux
« et d'en prendre souci, mais en négligeant
« de punir les coupables, on encourage les
« autres à faire le mal [1] ».

19

Il dit, et sa réponse rude et sévère offense
la douce Etoile d'amour, au point qu'en signe
de douleur, elle couvre ses rayons de tristes
voiles. Pour mieux observer les ravages de

(1) Le même sentiment est encore, hélas, partagé par
nombre de nos contemporains et n'a pas peu contribué à
enrayer toutes les mesures de prophylaxie tentées jusqu'à
ce jour. D'après Lalli, Junon et Jupiter seraient donc les
deux premiers *abolitionnistes.*

ce Mal si grave, elle descend sur la terre en rendant amoureux les poissons et les ondes, aux vertes rives du fameux Sebethos (1).

20

Dans son affection pour ses sujets, qu'elle veut défendre de tout son pouvoir, elle prend avec elle le grand Esculape pour combattre cette maligne influence. « Toi seul, lui dit-« elle, en qui brille tant de science, toi seul « peux m'aider, quand j'entreprends de porter « remède au venin récemment introduit dans « mon royaume par un serpent infernal. »

21

Puis elle lui montre une troupe sans nom-bre de malheureux voués à la douleur. L'un n'a plus de nez, l'autre est couvert de plaies, un autre a perdu ses belles couleurs, et tous sont devenus si difformes, si honteusement affreux, sont réduits à un tel état, que le Dieu de la médecine lui-même en reste éper-du, stupéfait et perplexe.

22

« Belle Déesse d'amour, lui dit-il, d'anciens « devoirs m'attachent à votre service, mais « ce Mal, cette humeur maligne sont bien ter-« rible, j'en conviens, et je frissonne, hélas !

(1) Petit fleuve qui se jette à la mer dans le golfe de Pouzzoles ; c'est aujourd'hui le *Fiume della Maddalena*.

« Je me sens plein d'horreur à l'aspect d'un
« tel ennemi. Jamais on n'a vu dans le monde,
« maladie si grave, horreurs si impitoya-
« bles. »

23

« Cependant afin de mieux connaître la
« nature d'un Mal si cruel, afin que l'œil, en
« examinant chaque partie, nous révèle, par
« la plaie du dehors, la plaie intérieure et
« que nous sachions diriger nos voiles à
« la splendeur de la lumière éternelle, il
« est bon que chacun vienne exposer ses
« maux devant nous, dans une revue géné-
« rale. »

24

La chose bien discutée, fut décidée pour
le jour suivant. Cypris envoya l'un de ses
petits amours annoncer avec sa corne d'or
qu'il était venu un grand médecin. Cela fut
publié à grand cri dans le camp, ainsi qu'aux
alentours, et l'édit ordonnait que toute personne atteinte du Mal nouveau se présentât à
la revue.

25

L'Aurore qu'impatientait la toux sèche de
son vieil amant (1) se leva de bonne heure,

(1) Tithon enlevé par l'Aurore, avait obtenu de Jupiter
l'immortalité, mais comme il avait oublié de demander en
même temps l'éternelle jeunesse, il devint caduc et ce fut
pour lui-même une grâce d'être métamorphosé en cigale,

et en toute hâte, sortit de son lit frissonnante et gelée. Phébus vint la réchauffer. Elle en avait besoin la belle, après avoir passé tristement la nuit entière, seulette, dans un coin de son lit.

26

Voici venir par la plaine la foule immense des gens malades et désespérés ; spectacle affreux et navrant, tragique exemple, grand Dieu ! des fautes de l'humanité : tableau de la vaine et lascive folie d'Amour qui promet de si grands plaisirs et, d'un vin mortel, enivre les sens.

27

D'abord passent les conscrits, et l'un d'eux pousse des cris jusqu'au ciel. Il avait à peine figure humaine et, comme un serpent sa peau [1], il avait perdu ses cheveux dont quelques-uns à peine restaient. On aurait dit un pauvre arbre sans feuilles, une cabane brûlée, une maison foudroyée ; il s'écriait en y passant les doigts : « *Mes beaux cheveux d'or ! le vent les a emportés !* [2] »

[1] Littéralement, en se peignant avec ses doigts. Pétrone parlant d'une courtisane dit : *Capillos meos dentata manu duxit. (Sat.)*

[2] Au XVe et XVIe siècle la mode des devises était générale en Italie ; presque chacun avait la sienne. Lalli vise cette coutume en affublant ses malades d'une phrase qui doit les désigner.

28

Dans le pré fleuri de sa tête, mille vaches d'amour ont mis les dents et s'il y repousse quelques fleurettes, le souffle du vent les dispersera. S'il avait du moins frotté ses cheveux de quelque pommade, s'il les avait agglutinés avec un onguent pour en fixer les racines, peut-être ne se seraient-ils pas envolés.

29

A présent, l'amie de ton cœur ne peut dire que tu n'as pas un souvenir de son amour, car elle t'a donné une jolie recette pour plumer jusqu'à l'os autre chose que des grives, mais toi qui parais si brillant de jeunesse, tu vas reprendre avec elle vos joutes ordinaires, et tu seras, nouveau phénix, plus caressé, plus chéri que jamais.

30

Un autre le suit, qui semble robuste mais se plaint de porter à la paume de chaque main des images de roses et de violettes [1], semences et prémisses d'un méchant fruit, de nèfles hélas ! que le soleil n'a pas mûries. « *Je tiens ces fleurs, dit-il, et c'est le Mal qui me tient* ; je crains fort quelque chose de pire ».

(1) Psoriasis palmaire.

31

Un autre a, non seulement la main, mais le visage parsemé de ces fleurs. Vous en verriez autant sur son corps, si le pauvre sot vous le montrait. Un autre lui succède ; cet autre a le derrière sur les talons. Un autre est replié en deux sur lui-même, il porte écrit sur son visage et répète en pleurant : « *C'est ainsi que je suis transformé au dedans comme au dehors.*

32

Ces ornements, dont il est couvert, ressemblent à de petites truffes ou à des azeroles, ou bien à la figue quand, à demi ouverte, elle mûrit son sucre au soleil. Le malheureux souffre encore moins de son mal et de ses douleurs que de honte, des cris et des hurlements de la foule qui l'accable d'injures et de railleries.

33

Telle une fille qui brûle secrètement d'entacher l'honneur de sa lignée, voit bientôt le germe caché fleurir dans son sein et dévoiler sa honte et sa faute. Oh ! quel tourment dans son cœur, quelle horreur la saisit ! En vain, elle pleure son éternel déshonneur, elle est devenue aux yeux du monde un objet d'opprobre et de risée !

34

Il en est un qui tient du cyclope, il porte à son front, au lieu d'un grand œil, une horrible plaie. Cela prouve que tel un brave et un Rodomont, il a pris du service en France et a reçu sa paie [1]. Il ne trouve ni dans la plaine, ni sur la montagne d'herbe secourable, ni de remède d'enchanteur et de magicien et porte ce vers pour devise : « *Le Mal occupe le sommet de ma vie !* [2] ».

35

De ton bonheur au jeu la preuve est visible. N'as-tu pas, en homme adroit et prudent, gagné une bonne piastre à ta belle amie ? On voit assez, sans que je le dise, que la fortune te regarde d'un œil favorable, puisqu'avec un cinquante-cinq tu as enlevé une prime à ta cruelle adversaire [3].

(1) C'est-à-dire qu'il a contracté le Mal Français.
(2) C'est ma tête qui est malade.
(3) Résultat heureux quoiqu'avec un mauvais point. — N'aurait-il pas pu être plus gravement atteint par la maladie ? pense le poëte qui ne s'arrête qu'aux lésions objectives et trouve moins graves celles qui ne troublent pas la vie de relation.

36

Mais qui pourra, au lieu des eaux du Parnasse, me donner assez de larmes pour pleu-
rer le cas affreux d'un amant infortuné qui
avait entièrement perdu le nez et marchait
après les autres en criant : « *Ovide n'est
plus qu'un zéro, ce que j'ai perdu je ne le
retrouverai jamais* (1) ».

37

O noble nez, quelle faucille a osé te couper? quelle main a eu la cruauté de trancher
le canal des soupirs d'amour ? Ah ! cette
cruelle entaille a fait de toi, beau clocher, une
affreuse caverne ; tu ne peux plus distinguer
l'odeur de l'égout de celle du rôti.

38

Tu ne pourras te mêler à ceux qui donne-
ront du nez dans mes vers, ni rider ton nez
cinq ou six fois parce que j'ai si peu levé mon
arbalète (2). Quant à ta langue, si elle est

---

(1) Le nez volumineux d'Ovidius Naso lui avait valu
son surnom. Le Mal en supprimant le nez du soldat avait
réduit son organe à zéro, d'où le jeu de mots entre
Ovidius et Naso.

(2) Te moquer parceque mon sujet est peu relevé :
parceque visant trop bas je n'ai pas fait de blessures mortelles ; ou encore, parceque j'ai été trop indulgent, m'é-
tant contenté de blesser sans tuer personne.

mordante, peu m'importe : ma Muse va toujours terre à terre, sans prétendre au titre d'Excellence ou d'Altesse.

39

J'ai chanté les Mouches [1], j'entreprends aujourd'hui de chanter dans mes pauvres rimes le Mal Français sans oser me mettre en balance avec les cygnes illustres du premier rang. Peu m'importe qu'on fasse peu de cas de mon babil ; étudiant surtout Bartolo et Baldo, [2] ces badinages sont mon passe-temps, les jours de chaleur.

40

Regardez celui-là, tortu et boiteux, c'est l'ornement de la revue générale. Il tranche du maître en pêchant et a dans son blason la queue du Zodiaque [3], mais c'est un poisson qui n'est pas bon à cuire sur des char-

(1) Allusion au poème de la *Moscheide*. (Voir Introduction.)

(2) (Voir la note de la page 11).

(3) Les Poissons, dernier signe du Zodiaque :

Sunt : Aries, Taurus, Gemini, Cancer, Leo, Virgo,
Mars, Avril, Mai, Juin, Juillet, Août,
Libraque, Scorpius, Arcitenens, Caper, Amphora, Pisces.
Septemb., Octobre, Novembre, Déc^{bre}, Janvier, Févr.

bons, un poisson à l'arête trop aiguë ; puis, comme le chantre de Laure [1] il s'écrie : « *Avec le bœuf qui boite nous irons à la poursuite du vent* [2].

41

Cet autre est comme un superbe navire traversant les flots inconstants ; au souffle de la douce brise, il déploie et laisse gonfler ses voiles ; mais, voilà que dans sa marche, il est saisi par un petit poisson d'une force énorme, l'horreur des matelots, et dont la dent, bien petite, suffit, qui le croirait ? à arrêter cette masse vaste et puissante.

42

L'Amour fabriqua l'insidieux filet, il cacha les hameçons dans l'amorce perfide. L'homme va pêcher dans les flots calmes, poussé par la brise fraîche sur la mer tranquille. Ne vous étonnez pas s'il revient avec une si belle pêche, dans l'océan rouge de sang, il a reçu le choc de l'affreuse torpille [3].

(1) Pétrarque.

(2) « Je cherche l'impossible, je n'arriverai plus jamais à rien, (en Amour comme en autre chose). »

(3) Est-il besoin de faire remarquer que dans cette stro-

43

Tant de vers sont entrés chez celui-là, qu'ils semblent détruire la nature. Dans la douleur qui le ronge, il ferme les yeux, saute sans y voir, cherche dans l'eau forte un soulagement ; l'affreuse douleur lui fait serrer les lèvres, il s'écrie : « *Ah : lime sourde* [1], *que j'ai été mal avisé…..* »

44

Comme s'il avait pêché dans le Gange [2], il a son hameçon tout bigarré d'or, avec une élégante parure de rubis éclatants qui l'entourent et une broderie de riches diamants taillés en lentilles. Quelle noblesse dans toute sa personne : un de ses membres porte la couronne des rois [3].

45

Mais quel ver insolent ronge ton habit royal avec une dent que ni le casque ni le

phe, l'auteur décrit la contagion par le coït pendant les règles, auquel plusieurs médecins attribuaient une part importante dans l'étiologie du Mal.

[1] Le pénis.

[2] Le Gange passait pour rouler de l'or dans ses flots.

[3] Allusion aux multiples accidents spécifiques, primaires ou secondaires, de la verge.

bouclier ne sauraient arrêter dans ses ravages ? Voilà ce qu'a pu faire un Enfant nu, qui
en vous donnant le bonjour, vous envoie à
tous les diables. Ce ver qui te cause tant de
douleurs est, si tu l'ignores, un aimable fils
de l'Amour.

46

Combien d'autres, ayant comme toi joué
ou vendu au plus offrant leur cervelle, ac-
cusent ensuite la fortune de la maladie qui
les torture : Est-ce la faute des astres si
l'homme a pêché sur la terre ? s'il contracte
volontairement son mal ? et s'il se livre de
parti pris à des œuvres coupables? Qu'il
cesse donc l'impie, d'accuser les étoiles.

47

Plus dur encore est le sort de son compagnon, dont l'oiseau blessé a donné contre un
tronc (1). Par les voies les plus courtes il a
été bien vite de Terni à Stronco (2) et, com-

(1) Il n'est pas besoin, je pense, de relever toutes les
obscénités que ces strophes contiennent à mots plus ou
moins couverts. Il faudrait répéter cela à chaque instant.

(2) *Terni à Stronco*. Terni, ville des Etats de l'Eglise, sur
une île de la Nera, d'où son nom latin de *Interanna*, Stron-
cone ou par abréviation Stronco commune du canton de
Terni qui n'en est séparée que par une très courte distance.
Proverbe probablement local, analogue à nos expressions,
le saut d'une puce, en un clin d'œil, à deux pas : et qui
signifie que le malade n'a pas été long à contracter le mal.

me un chasseur transporté de colère, il arrive avec son faucon plumé et manchot en chantant d'une voix sombre, et il le couche par écrit. « *La plus belle partie du monde est pourrie* ».

48

Le microcosme entier paraît alors privé de l'axe polaire qui le soutient et le régit. L'homme qui, tout compte fait, n'est plus alors qu'un zéro, montre combien ce qui lui manque là, le fait manquer de tout. Chacun lit sur son front la stupeur, le désespoir de la malheureuse victime, et Vénus redouble ses pleurs, en voyant couper ce fruit si cher.

49

Estoc fameux par tes infamies, malheureux glaive de l'amour guerrier ; toi si beau, si hardi, si valeureux, qui t'a coupé jusqu'à la racine ? Toi qui, si gaillard, si vaillant, cherchais les grottes et les pentes de gazon, te voilà désolé, bafoué, vaincu, gâté, perdu !

50

Où pourra s'appuyer maintenant la vigne de ta vie à son déclin ? L'échalas est renversé, tu as perdu les ombres si chères de la forêt d'Amour. Tu ne marcheras plus comme un paon fier de ses plumes aux belles couleurs, ta queue est coupée et, déplumé, le bel oiseau est devenu fort laid.

51

Un autre ouvrit la bouche pour conter ses malheurs, mais il n'avait pas de langue. Mal conseillé, il l'avait laissée en gage pour racheter son cœur. Il disait pourtant : « Hé- « las, je suis perdu, j'ai cru trouver le miel « et me voilà dans les serres de l'oiseau [1]. « Si je prononce mal, comprenez-moi du « moins aux tons variés que je donne à ma « plainte et à mes explications. »

52

Ainsi donc, la voilà devenue muette la langue de l'éloquent orateur d'Amour ! cette langue enchanteresse qui pénétrait le cœur de ses doux accents. A cette nouvelle étrange et douloureuse, que, du moins si tu ne peux parler, l'écho réponde et, par pitié de tes plaintes confuses, qu'il répète mille et mille fois : *Aïe, Aïe, Aïe.*

53

Aïe, quel malheur ! Aïe, quel destin cruel a

(1) Terme de la chasse au vol, signifiant que le gibier était pris.

tué la dispensatrice des meilleurs morceaux ! la pelle de ce four d'où la tourte passe en roulant au-dessous du palais ! celle qui, à la porte de la bouche, est toujours en garde comme une sentinelle pour qu'il ne pénètre dans cette voie que des mets nobles et délicats !

54

Celle qui, près des belles dents de perle, siège comme la Reine de ce trésor, qui, pour adoucir le chagrin des malheureux, fait retentir la divine harmonie, qui, par ses divins accents, ravit doucement la pensée des auditeurs, tandis que, par un travail subtil, avec des riens, elle fait une chaîne d'or [1].

55

Un autre suit que le mal a frappé d'un coup de pointe à la gorge et qui porte une large cicatrice. Sa voix est enrouée, ses paro-

[1] Allusion à l'éloquence de l'orateur qui enchaîne son auditoire. Lalli a déjà employé le mot de chaîne d'or pour désigner des faveurs, des récompenses accordées aux poètes, mais ici ce n'est pas ce sens qu'il faut prendre mais bien plutôt celui dont la phrase suivante nous donne un exemple probant : « ... Ces Ventripotents ne les persuadent pas, (les femmes) eussent-ils dans la bouche les *chaînes dorées*, symbole d'éloquence, qui suspendaient nobles, bourgeois, manants aux lèvres d'Ogmios, l'Hercule Gaulois. (Th. Gautier : *Le Capitaine Fracasse*.

les gargouillent et sortent confusément par le plus court chemin, elles semblent s'exhaler sans passer par la bouche. De cette voix étrange, il crie « Grâce » à son féroce ennemi.

56

Elles sont dangereuses et même mortelles ces estocades à la gorge ; on risque bien de se noyer quand l'onde infernale arrive au gosier ; l'oiseau dont le col est pris au lacet ne peut voler et l'Amour te condamne à une mort certaine quand il te lance dans la gorge un de ses traits.

57

Quand le chien saisit hardiment par une autre partie du corps le renard ou le sanglier, celui-ci peut se défendre et, quoique blessé, se dérober à sa fureur : mais, quand la bête a le malheur d'être prise à la gorge, elle sait alors, en perdant l'espérance, qu'on lui dit : « bonne nuit », mais sans la moindre intention de politesse.

58

Quand le berger veut garantir son chien de l'attaque du loup vorace, il lui met un collier garni de solides pointes de fer ; il ne craint plus alors la dent ni les assauts de l'ennemi. Toi aussi tu devais sauver ton cou, si blessé maintenant qu'il en est tout raide.

59

Après les conscrits, passe un homme que le Mal a privé de ses yeux. Aveugle, il se jette dès son arrivée, dans le marais, comme une grenouille. Il avait essayé de se guérir avec de la tuthie (1) et de l'eau de fenouil, mais il reconnut enfin qu'il lui fallait, quoiqu'il fît, renoncer à voir.

60

Tous éclatèrent de rire quand il salua la foule en trébuchant, quoique son cruel destin dût exciter non le rire mais la pitié, car, dans la fleur de la jeunesse, il n'avait plus la lumière pour guider ses pas. Il en gémit et s'en va disant : « *M'abandonnerez-vous, aveugle et désespéré ?* »

61

Oh! si tu pouvais dissiper cette obscurité, comme fit un roi d'Egypte, qui passa deux lustres dans la douleur d'une cécité cruelle.

(1) Oxyde de zinc.

Il avait essayé, pour recouvrer la vue, de tous les secrets découverts par les médecins les plus célèbres, de tous les remèdes fournis par la nature, l'étude, l'expérience et l'art.

62

Mais tout avait été inutile. Enfin, ne trouvant pas d'autre remède, il consulta l'oracle de Delphes et, du fond de l'antre où il réside, l'oracle lui fit cette réponse brève et décisive : « *Tu seras guéri par le lait d'une femme* [1] *qui n'aura jamais outragé son mari.* »

63

A cette réponse inattendue et bizarre, le roi comblé de joie, fait aussitôt l'essai d'un remède qui lui semble facile et sûr. Il commence par la reine et le pauvre homme trouve ses yeux plus aveugles que jamais, ses yeux qui ne voient pas ce qu'ils voudraient voir et, en ne voyant pas, voient et le font soupirer.

---

(1) Très vieille croyance, remontant aux Asclépiades, qui attribuait au lait de femme le pouvoir de guérir la cataracte. — Nos nourrices Morvandiotes n'ont pas encore ! hélas ! d'autre remède pour les maux d'yeux de leurs nourrissons.

64

Ah la rude épreuve ! lui qui ne tient pas l'oracle pour menteur, fait de nouvelles tentatives, deux, trois, quatre et toujours résultat : zéro. Celles qui passent pour les plus sages et les plus honnêtes trompent son espérance. Il en mit à l'essai, cinquante, cent, mille et ses yeux restèrent fermés.

65

Enfin il trouva ce trésor si rare, un cœur pur et un sein pudique chez la femme d'un pauvre jardinier ; pauvre sans doute, mais le plus fortuné des hommes. Le cristallin devient transparent, le roi voit le soleil et la beauté du ciel. Heureux, admirables jardins du jardinier, qui avez su produire un fruit si rare !

66

Si l'oracle t'avait ainsi parlé, pauvre aveugle, je crois qu'il ne te serait pas si difficile aujourd'hui de recouvrer la lumière perdue et si chère à tes yeux ; pourtant dans bien des villes, où les mœurs sont dissolues, tu courrais risque de rester aveugle à tout jamais.

67

Le suivant perd toute sa substance, qu'il laisse couler goutte à goutte comme fait un alambic ; il teint ses linges de couleur d'anguille, de taches violettes ou vertes, maladie qui, alors qu'elle semble moins active, n'en est que plus rongeante et funeste ; le malade peut dire : « *Je meurs et je vois s'échapper* « *la liqueur qui doucement me consume et* « *me dévore.* [1] »

68

Quand elle est douloureuse et piquante, la maladie ne contient pas de principes malins ; elle est alors causée par l'ardeur du soleil et par une corrosion grave, sanglante. Mais quand on n'en sent pas les piqûres, alors elle renferme une matière plus nuisible [2] : tel est l'homme dont la bouche affecte un aimable

(1) Il est question ici et dans la strophe suivante de blennorrhagie et non de syphilis, mais il ne faut pas s'en étonner, car, à l'époque de Lalli et longtemps encore après lui, la confusion était absolue entre ces deux affections pourtant si différentes.

(2) Cette distinction est assez curieuse, car elle semble indiquer une observation du chancre de *l'urèthre* avec très minime sécrétion, par opposition à l'uréthrite blennorrhagique, toujours plus sécrétante et surtout plus douloureuse.

sourire, quand il va frapper en traître son ami.

69

Bien d'autres malheureux vinrent à cette revue générale. Mais qui pourrait les énumérer tous ? J'avoue ici l'impuissance de mes rimes. O fruits amers d'un court plaisir, que chacun apprenne en instruisant les autres et aux dépens d'autrui, à mener une vie sage et pure !

70

Cependant on discutait avec acharnement sur le nom de ce Mal immonde, les uns à coups de poings, d'autres à coups de pierres, d'autres à coups de poignards, jeu plus dangereux. On mettait chaque jour cent têtes en omelette, personne n'était en sûreté, et Pluton, qui entendait gémir les morts, soumit enfin la cause à Radamanthe.

71

Tandis que chaque jour l'Italien et le Français menaient grand bruit, s'obstinant à nommer cette maladie l'un Mal Français, l'autre Mal Italien, on résolut que cette grande question serait tranchée à coups d'épée par un certain nombre de guerriers, les plus fameux des deux camps.

72

D'un commun accord, on choisit de chaque côté pour ce combat terrible treize champions, afin d'établir par des exploits mémorables la valeur de l'une et de l'autre nation. Les vaincus seraient condamnés à donner leur nom à la maladie ; toute discussion devait alors cesser et le monde approuver ce qu'aurait décidé le fer.

73

Dans le camp Italien, le terrible Fieramosca se prépare le premier au grand combat, sa naissance illustre le rattache à Capoue. Son destrier est blanc comme la neige, mais il est teint d'une couleur brune comme celle des mouches [1], il laboure de son pied la terre et semble y semer la guerre.

74

Viennent ensuite, Capoccio, Bracalone, Giovenal, tous trois nés sur le Tibre. Le premier monte Aquilon, à la robe noire, aux pieds blancs, aux yeux de flamme. Le se-

[1] Pour rappeler le nom de son propriétaire.

cond cheval est alezan, semble avoir des ailes et toucher à peine la terre ; le troisième, avec une étoile noire au front, annonce à l'ennemi sa défaite.

75

Carellario les suit ; il a vu le jour dans l'illustre Parthénope, dont le golfe est admirable entre tous. Le désir de la gloire enflamme son cœur et le génie de la guerre l'inspire. Viennent ensuite le valeureux Mariano, l'illustre enfant de Sarno ; l'invincible Romanello, l'honneur de Forli et de la Romagne.

76

Près d'eux s'avancent Aminale que l'Interanna [1] vit naître ; puis Salomone et Albimonte, gloire de la Sicile ; puis Miale de Troja, aux cheveux d'or, il est dans la Fleur de l'âge ; puis les nobles Parmesans, Riccio et Franfulla.

77

Sur de hardis et braves coursiers viennent de leur côté les Français, brillamment armés et préparés au combat. Leurs noms ne sont pas donnés par les historiens, soit par

(1) Terni.

incertitude, soit par respect [1] ; mais toi, Muse, efforce-toi de tirer ces noms des flots profonds du Léthé.

78

D'abord, sur un cheval pommelé, s'avance le Français Ebroin, guerrier terrible ; puis viennent Crotild et le vaillant Alard, Léonce, Dagobert, Bucellin, Hugues, Odet, Clodion, Zennard, Arpalice, Gaucher et Gernandin. Tour à tour, l'un et l'autre chef harangue sa troupe, bien que tous ces guerriers demandent à l'envi le combat.

79

Le chef des Français, en quelques mots pleins de grandeur, salue ses guerriers et enflamme leur audace. « Amis ! l'heure est

(1) Fiction poétique où l'auteur arrange l'histoire à son gré.

Le défi de Barletta eut lieu en 1502, pendant le siège de cette ville, par conséquent sous Louis XII et non sous Charles VIII dont le règne fut témoin des premiers cas de syphilis. Ce combat eut pour prétexte un simple désir de gloire et mit en présence treize chevaliers de chaque nation. Il fut déclaré nul après six heures de lutte. On cite parmi les Français, Bayard, Guy de la Mothe, Ch. de Torgues, Jacques de la Fontaine et parmi les Italiens, Prosper Colonna leur chef, Romanello de Forli, Fanfulla de Lodi et Ettore Fieramosca dont Massimo Taparelli, marquis d'Azeglio (gendre de Manzoni) a fait le héros de son roman historique qui a pour titre : *Ettore Fieramosca* ou la *Disfida di Barletta*. (Traduction française, Paris, 1833. Bib. Nat. Y², 15.400.)

« venue de montrer votre valeur ; que votre
« bras soutienne dignement la gloire immor-
« telle de notre empire. Sur vous et sur vos
« lances, illustres Atlas, s'appuie le ciel de la
« France.

80

« Vous avez appris dans cent combats, à
« mépriser le fer des bandes Italiennes. Vous
« avez bien des fois traversé leurs villes en
« vainqueurs. Vous avez toujours mis leurs
« troupes en fuite : cette fois encore, vous
« ferez de même. Allez, mettez un terme à
« leurs cris de triomphe et à l'orgueil de leurs
« armes.

81

« Peut-être la solde mesquine que, merce-
« naires des Espagnols, ils touchent de cette
« nation, leur donne-t-elle (triste source de
« courage) une audace insolite, mais on sait
« qu'ils ne doivent leurs succès, bien rares,
« qu'au mensonge et à la ruse, et que, du
« reste, ils sont mal instruits et toujours mau-
« vais soldats en bataille rangée. »

82

Gonsalve [1] n'encourage pas moins les

(1) Gonzalve de Cordoue surnommé le *Grand Capitaine*. Vainqueur des Maures à Grenade en 1492, il fut envoyé l'année suivante au secours du Roi de Naples. Battu

șiens au combat. Il leur rappelle qu'ils vont combattre pour l'honneur de leur nom, que si le Turc ou le Français ont fait quelquefois peser leurs armes sur l'Italie, elle ne dut ses malheurs qu'à la discorde impie de ses princes.

83

Ses propres fils ont porté des coups mor‑ tels à leur mère. « Malheureuse Italie, tes « maux sont venus de ceux de qui tu devais « attendre de sages conseils. Tes échecs fu‑ « rent toujours dus à des monstres d'enfer « que ton sein avait nourris et c'était par les « armes de l'Italie seulement que l'Italie « pouvait être vaincue.

84

« Ceux qui, dans leur fureur, veulent enva‑ « hir aujourd'hui sa plus belle partie, le font « avec l'aide de l'Italien lui-même. Celui-ci, « grâce à la nouvelle invention de Mars, « arme nos ennemis de ces foudres terres‑ « tres qui frappent de loin et jettent la ter‑ « reur dans les rangs (1).

d'abord par Charles VIII en 1495, il battit à son tour le duc de Montpensier, et finit par expulser les Français de la Péninsule.

(1) Les Italiens, déjà fameux par leurs fabriques d'armes blanches, continuèrent à mériter leur réputation en fabri‑ quant des armes à feu, et fournirent, pendant longtemps, l'Europe entière de leurs produits.

85

« Mais, dans un combat corps à corps, ils
« ne peuvent soutenir leurs premiers efforts ;
« bientôt leur force s'épuise et ils se laissent
« vaincre. Aucun d'eux ne résistera long-
« temps à ce brillant, à cet éclatant courage
« dont vous avez donné, dans tous les temps,
« des preuves si mémorables.

86

« Voyez la Reine du monde, qui, le sein
« déchiré, les cheveux épars, vous rappelle
« ses malheurs, sa ruine, la honte plus grande
« encore qui la menace ! En avant, mettez
« fin à ses maux, vous le pouvez aujourd'hui.
« Allez venger d'affreux outrages, braves
« guerriers du Ciel d'Italie. »

87

Aussitôt les champions aux brillantes ar-
mures, plus fiers et plus vaillants que jamais,
se hâtent d'entrer dans le champ clos. On
les arme de leur casque, on leur amène leur
destrier et, pour les exciter encore au combat, on leur présente la lance et l'écu.

88

Au sein de la féconde Apulie, sur le bord
de la mer, s'élève Barletta dans un site char-

mant. Tous ses édifices d'un même modèle, sont d'une beauté divine [1]. Près de là sont Andria, sa belle voisine, et le territoire fertile de Quadrato [2] ; riches contrées, où l'homme se plaît à contempler le royaume et la demeure de Cérès.

89

Entre ces villes, une grande plaine fut choisie pour le combat qui devait trancher l'importante question du nom de cette étrange maladie. Au jour fixé, le souverain et la cour, en armes, et comptant sur la victoire, vinrent prendre leur place, la foule attendait anxieusement des deux côtés.

90

Au son de la trompette guerrière, les deux troupes se heurtent avec la violence de la foudre quand elle ébranle la terre. Le bruit de cet horrible choc retentit comme le tonnerre, les lances se brisent en mille pièces et les coups font jaillir de l'acier des éclairs et des étincelles.

91

De pareils assauts, des coups si terribles

[1] Fiction poétique.
[2] Ce n'est pas Quadrato, mais Corato, à 19 kil. de Barletta.

auraient pu renverser des montagnes ; ces guerriers invincibles n'inclinent pas même leurs fronts de diamant. Mais, désireux de terminer le combat, ils s'attaquent de nouveau l'épée à la main ; les coups augmentent encore leur colère et la fureur s'empare de tous les cœurs.

92

Avec une force incroyable, Alard frappe de son glaive Carellario qui fait reculer son cheval pour éviter la mortelle atteinte, puis s'élançant à la vengeance, il porte au Français un coup si terrible que, s'il ne le renverse pas, il le force du moins à rompre.

93

Frappé par Mariano, Hugues lui rend son attaque et lui fait perdre les étriers sans lui faire vider les arçons. Un long combat ne peut même décider à qui d'entre eux Mars donnerait la palme, car l'un gémit, l'autre soupire et tous deux versent leur sueur et leur sang.

94

Tous les autres firent brillamment leurs preuves dans ce combat terrible, et la victoire, à pas lents, semblait se jouer en tournant autour d'eux. Mais des incidents nouveaux donnèrent l'avantage aux Italiens, qui sortirent enfin vainqueurs de ces périls glorieux.

95

Bucelin ayant vaincu et porté par terre Albimonte, allait de son épée lui ôter la vie, quand Salomone, vengeant la défaite de son compagnon, étend mort le Français vainqueur. Malheureux ! tu ne pouvais prévoir ton funeste sort ; mais, si tu mourus, ce fut du moins en brave.

96

Sans s'arrêter à lui, Salomone joignant Miale et Albimonte, tous trois s'ouvrent avec de longs épieux un large passage et menacent les Français, font tomber morts les chevaux de plus de quatre d'entre eux et démontent ainsi les cavaliers, en sorte que, renversés l'un après l'autre, tous les guerriers français furent vaincus et prisonniers.

97

Le camp italien est en joie, Gonsalve accueille les siens avec les plus grands honneurs, non moins heureux de les voir sains et saufs que des brillantes dépouilles qu'ils rapportent. Le tambour, la trompette, les

feux, le tonnerre et les éclairs du canon
célèbrent leur victoire et la Renommée vole
en assourdir le monde.

98

En un instant, elle promulgue, aux éclats
de sa trompette altière et par toute la terre, la
cause importante de ce combat des Français
et des Italiens. Pour la faire encore mieux
connaître, elle ordonne que, sous peine d'un
sou tournois d'amende, on appellera cette
affreuse maladie, Mal Français et non Mal
Italien.

CHANT TROISIÈME

ARGUMENT

*Esculape indique un remède au Mal. Gon-
salve envoie chercher le Saint-Bois dans
l'Inde. Les guerriers choisis sont retardés
par un sot enchantement qu'on dissipe à la
fin.*

I

n voyant des maux si bizarres
et les considérant en détail, le
grand observateur des urines,
le fameux Esculape, le Dieu de
l'Art, après s'être mis sur le nez une paire
de lunettes, commença à griffonner. Il écrivit plusieurs formules de remèdes et parla
ainsi à Vénus, en tournant vers elle son
visage plein de gravité.

2

« Le Mal français est une matière aduste (1),
« d'une humeur chaude et sèche, qui ronge le
« cœur et, y pénétrant par une veine étroite,

---

(1) Brûlée, conséquence de la croyance aux quatre élé-
·ments, le chaud, le froid, le sec et l'humide.

« corrompt la fleur du jardin de la vie ; même
« il consume la racine chargée de cette hu-
« meur maligne et vénéneuse, qui vient, en
« quelques heures, greffer dans l'arbre vital
« des fruits de mort.

3

« Le Mal français est une hydre à qui, si
« on coupe une ou dix de ses orgueilleuses
« têtes, il en repousse mille plus cruelles,
« menaces d'horreur, de tourments, de peste.
« C'est un Mal qui, à chaque sexe, à tout âge,
« apporte des germes horribles et funestes
« et qui pénètre d'autant plus cruellement le
« sein nu des amants sans défiance qu'il sem-
« ble plus insignifiant.

4

« Le Mal français est un Briarée qui tire
« en un moment cent et cent épées. Plein de
« rage et d'audace, il défie les gens au san-
« glant combat. C'est un vent si fort, si tem-
« pétueux que, par le plus beau temps, il fait
« périr les navires et qu'au moment où le no-
« cher croit toucher au port, il est englouti
« dans la mer.

5

« Le Mal français est un Protée qui se
« transforme et prend sans cesse une appa-

« rence nouvelle. Tantôt il rugit comme un
« lion, tantôt il prend la forme de la Sirène
« d'Amour qui rit et chante. Tantôt, serpent
« qui dort sous l'herbe, il darde trois langues
« horribles et foudroyantes, tantôt il se fixe
« sur un point, tantôt il se déplace, monstre
« infernal et vomissant le feu.

6

« Le Mal français est un Tyran perfide,
« qui porte une couronne de crêtes de coqs.
« Sous une loi de sang et pour le malheur de
« tous, il enchaîne la pitié et déchaîne la haine.
« Bien que, par une illusion mensongère, il
« semble se calmer, jamais il ne pardonne.
« Avec ce mal tenace il peut y avoir une trêve,
« mais non une paix durable.

7

« Le Mal français est une Harpie vorace
« qui va à la chasse dans le sang humain ;
« c'est un Géryon (1) si terrible qu'il a cent
« corps et mille bras ; c'est Scylla qui coupe
« la route au nocher avec ses groïns mena-
« çants et sa tête effroyable ; c'est une hor-
« rible forêt Africaine d'où s'élancent des
« monstres inconnus.

(1) Le plus fort des hommes. Il fut vaincu et tué par
Hercule.

8

« Mais, à ce Mal étrange et si douloureux,
« il est des remèdes, je vous les apporte.
« Ecoutez : Dans sa pitié, le souverain Moteur
« du monde vient en aide aux misères des
« hommes ; ce n'est jamais en vain qu'on a
« recours à sa bonté ; jamais, dans la tempête,
« il ne cache le port. Il donne des vertus mer-
« veilleuses et sacrées aux pierres, aux pa-
« roles, aux plantes.

9

« Avant tout, l'homme atteint de ce Mal
« doit évacuer ses humeurs les plus grossiè-
« res, ainsi que le principe de sécheresse qui
« le rend exsangue et fait pâlir ses belles cou-
« leurs. Il faut que le médecin lui tire du
« sang, cela refrène l'ardeur des esprits. On
« doit agir sans délai et ne pas laisser pren-
« dre au Mal de solides racines.

10

« A ce Mal violent et d'une marche si ra-
« pide, il ne faut pas des remèdes anodins,
« mais l'Ellébore, l'Hière (1), les pilules dites

(1) Hieracium, Herbe à Epervier, Dent de Lion.

« fétides [1]. On guérit les fistules par les
« onctions avec le plomb, le précipité, l'eau
« forte, l'argent vif et aussi l'argent mort [2],
« celui qu'on donne aux médecins.

11

« Que les remèdes soient de qualité humide
« et froide, la nourriture sèche, les boissons
« choisies. Le malade évitera les vins trop
« capiteux et lourds. Pour sortir, qu'il attende
« que le soleil ait dissipé les vapeurs basses ;
« qu'il marche assez pour être mouillé de
« sueur.

12

« C'est merveille de voir combien, chez ces
« malades, il est bon de provoquer la sueur.
« Que l'un s'adonne à la chasse, qu'un autre
« manie la bêche, creuse la terre comme s'il
« cherchait un trésor ou s'il avait à gagner
« son pain ; que ces malades se livrent à des
« travaux fatigants, coupent du bois, érigent
« des portiques, creusent des grottes ou, tout
« au moins, sonnent les cloches.

(1) Il y en avait de deux sortes, mais celles dont parle
Lalli et dont on trouve la formule dans la Pharmacopée de
Sylvius (1611), étaient des pilules laxatives (aloës, colo-
quinte, scammonée), avec des excitants (Ammoniac) et des
antispasmodiques (opoponax, Castoreum.)

(2) Argent perdu, plaisanterie de tous les temps et toujours jeune quoique bien vieille.

13

« Mais, de tous les remèdes, celui dont
« l'effet est le plus merveilleux, c'est un bois
« que l'Inde produit, un Saint-Bois qui, dans
« la langue du pays, est appelé Gayac. C'est
« ce bois précieux que le ciel a choisi pour
« la guérison de cette peste ; remède et salut
« des gens atteints du Mal français, remède
« digne d'être acheté au poids de l'or.

14

« Jointe à ce bois dans un mélange, l'herbe
« nommée communément Salsepareille donne
« au remède plus de force et réussit à mer-
« veille chez tous les malades. Mais il faut,
« si l'on veut guérir, s'abstenir de tout excès,
« tenir les sens en bride et vivre sobrement,
« loin des folies et des appétits voluptueux.

15

« On fait bouillir le bois, et le malade prend
« tous les matins un verre de la décoction ;
« il reste couché, bien tranquille dans un lit
« moelleux, pendant quarante jours ou pour
« le moins un mois. Là, prenant patience,
« qu'il serre dans ses dents son drap comme
« un frein, sans remuer, sans s'agiter, calme
« et prenant soin de tenir son corps bien
« chaud.

16

« On adapte dans son lit une longue caisse
« en bois, à sa mesure. Là, couvert et comme
« dans la nuit de la tombe, le pauvre diable
« s'arrange et se tient coi, puis s'occupe uni-
« quement de suer, sans parler à personne,
« sans s'occuper d'affaires et ses soupirs ar-
« dents entretiennent sa chaleur, comme les
« soufflets de forge entretiennent le feu.

17

« Enveloppé d'épaisses couvertures de
« laine et la poitrine bien couverte, qu'il se
« figure être dans un four, car la chaleur est
« le moyen d'amener la sueur. Les humeurs
« malignes contenues dans son corps n'ont
« d'autre issue possible, et, si le malade ne
« s'en débarrasse pas par cette voie, il criera
« toujours, toujours : « Oh ! Oh ! quelles dou-
« leurs ! »

18

« Pour nourriture qu'il prenne des bis-
« cuits avec un peu de raisin sec. Je lui per-
« mets encore quelque merle jeune, maigre
« et rôti, ou bien une chouette. Après le repas
« qu'il remette la tête sur l'oreiller, pour
« appeler de nouveau le sommeil et la sueur,
« l'une entraîne au dehors la maladie, l'autre
« répare les forces languissantes.

19

« Il ne faut pas omettre les fumigations
« dans ce même temps où l'on purge le corps.
« Elles pénètrent dans les pores, ouvrent les
« veines et résolvent l'humeur qui s'est accu-
« mulée en dedans. La myrrhe et le styrax
« sont au premier rang ; puis viennent le
« scordium, le spicanard, le musc, le dic-
« tamme, le calament, le benjoin, le cinna-
« mome, l'ambre et l'encens fin [1].

20

« Cherchez à traverser le grand torrent de
« ce Mal avec une humeur gaie ; ne vous
« montrez ni dégoûté, ni impatient du poids
« de tant de soins. Rien ne tourmente plus
« un malade que l'Egée [2] profonde de la
« mélancolie ; ses plus grands ennemis sont
« le trouble et la tristesse de ses pensées.

21

« Il me reste à vous indiquer le temps où
« ces remèdes doivent être mis en usage.

(1) Ces plantes, ces produits animaux et ces gommes
résines étaient très employés aux XVIᵉ, XVIIᵉ, et XVIIIᵉ
siècles dans le traitement par les fumigations, vaporisa-
tions, etc.

(2) En 1629, la carte du *Pays de Tendre* était aussi connue que la vulgaire géographie, ne nous étonnons donc
pas de rencontrer ici l'Egée ou Mer de la Mélancolie.

« C'est quand le Soleil fait reverdir et fleurir
« les prés, lorsqu'il dore les campagnes, lors·
« qu'il est assis sur le Taureau [1], dont les
« mugissements inspirent l'amour aux plantes
« comme aux hommes, et que, sur le hêtre
« reverdi, l'oiseau salue le mois de mai de
« sa douce mélodie.

22

« C'est aussi quand la Balance donne une
« égale durée au vol des servantes du temps [2],
« de celles que la nuit enveloppe de ses ténè-
« bres et de celles qui doivent au Soleil la
« lumière et la beauté ; alors que Bacchus et
« Pomone couvrent la Terre de leurs riches-
« ses, peignant à l'envi leurs trésors des cou·
« leurs de l'émeraude, de l'or ou du rubis ».

23

Ainsi parle Esculape. Il donne à Vénus
ses prescriptions dans tous les détails, puis
remonte bien vite au ciel par l'échelle de
soie qui lui avait servi à descendre. Vénus
voulut charger de tout le grand Gonsalve,

[1] Au mois d'Avril, quand le Soleil est dans le signe du
Taureau (Voir p. 54).

[2] Au mois de Septembre, quand le Soleil est dans le
signe de la Balance, et que le nombre des heures de nuit
est égal à celui des heures de jour. Cette croyance à l'influence heureuse des équinoxes de printemps et d'automne
pour toute sorte de traitements est encore très répandue
et n'est pas près de disparaître.

qui guerroyait alors dans le Royaume et qui lui parut digne de cette faveur.

24

La nuit, si désirée des amants et des débiteurs en faillite, étendait son manteau semé d'étoiles et tenait assoupis tous les chancres du monde; seuls les gens qui n'avaient pas soupé veillaient en bâillant, car dès le temps de notre premier grand-père, la faim et le sommeil furent toujours ennemis [1].

25

Mais le grand Gonsalve qui, ce jour-là précisément, avait sué dans le combat comme un portefaix, et, tout en soupant de bonne viande rôtie ou bouillie, avait bu presque un baril de vin, Gonsalve donc se mit au lit, s'endormit profondément et ne s'éveilla que vers le matin, à l'heure où, à la vue de Maître Apollon, les étoiles prennent leurs jambes à leur cou.

26

Alors, moitié éveillé, moitié endormi, il vit apparaître la belle Vénus et l'entendit lui dire : « O fameux capitaine, qui fais trembler les « boyaux de l'ennemi, pardonne-moi de trou- « bler ton repos avant que le soleil soit en

_____

(1) En France, au contraire, le proverbe dit : *qui dort dîne.*

« selle. Je suis Vénus, écoute-moi, et note bien
« ce que je désire de toi.

27

« Tu as vu hier, si j'ai bonne mémoire, ce
« médecin inconnu, si savant, qui fit un si
« beau discours, d'une voix grave, sur le Mal
« qui a mis à mal [1] tout ce peuple. C'était
« Esculape, que par pitié, par amour pour
« vous, je vous ai amené, tant je prends part
« aux tourments de mes sujets, tant je désire
« extirper cette semence détestable.

28

« Je m'en remets à ta prudence et à ton
« habileté du soin de pourvoir à tout ce qu'il
« a dit et en particulier pour ce qui regarde
« le Saint-Bois. Envoie promptement dans
« l'Inde à cet effet ; viens en aide au succès de
« mon beau projet ; en récompense, je te
« ferai donner par mon grand Mars autant de
« victoires que tu voudras. »

29

Gonsalve, voyant, à sa grande joie, si près
de lui un si fin morceau, se leva sur son lit
pour l'embrasser, mais elle fuit à mesure qu'il

(1) Allitération dont on trouvera plus loin un autre
exemple et que l'auteur met dans la bouche de la Déesse
pour augmenter le caractère burlesque du poëme.

tend les bras et devinant la passion de l'Espagnol, elle éclate tellement de rire qu'elle
en tombe à la renverse. L'Ibère reconnaît son
erreur et rougit de dépit.

3o

Puis il répond : « Belle déesse d'Amour,
« joie du monde, comment ai-je pu mériter
« une telle faveur, tant de bienfaits ? Aussi,
« pour vous obéir, au point du jour, j'exécu-
« terai vos ordres. C'est à moi, dussé-je y
« employer la lance, c'est à moi de guérir le
« Mal Français ».

3 I

Il dit, et plein de courtoisie, voulut baiser
les mains de la belle Déesse, mais, celle-ci,
plus prompte, disparut à ses yeux dans le
vague de l'air. Enfin le Capitaine, bien éveillé,
pense et repense à ce songe extraordinaire,
puis, fort satisfait, il se jette à bas du lit.

32

Il s'habille, se peigne, se lave, donne à la
hâte un coup d'œil à son miroir, ceint son
épée et son poignard, puis, avec un grand
panache sur la tête, il passe dans la salle où
l'attend une foule de nobles cavaliers, qui
profondément inclinés et sans dire un mot,
lui font la révérence à l'Espagnole.

33.

Il s'arrête et donne à tous, cinq ou six coups d'œil ; il prend ensuite à part les treize guerriers qui ont remporté les nobles trophées sur la France. Il leur expose en détail l'apparition de Vénus et ce qu'elle désire, puis : « C'est à vous, dit-il, ô troupe invin- « cible, qu'il appartient de faire le voyage « de l'Inde, pour en rapporter ce bois ».

34

« Nous sommes, répondirent-ils, prêts à « faire le voyage non-seulement de l'Inde, « mais s'il le faut, des royaumes souterrains « de l'Achéron et nous parlons sérieusement. « Faites-nous donc compter bon nombre « d'écus, pour payer à l'auberge ; nous vous « rapporterons autant de Saint-Bois que vous « en voudrez, laissez-nous en le soin ».

35

On parla beaucoup de leur séjour là-bas, de la manière de sillonner les vastes mers ; enfin il fut résolu que le troisième jour, chacun se tiendrait prêt pour ce grand voyage. Le bruit de leur départ courut aux environs et fit verser à Ersilla des pleurs amers, Ersilla qui, brûlant d'une amoureuse ardeur, avait donné son cœur au beau Miale.

36

Elle l'appelle et lui dit « Tu pars et je ne
« meurs pas ; où me laisses-tu, moi, ton amante
« abandonnée ? Si je t'ai donné mon cœur, si
« tu es mon trésor, pourquoi porter tes pas
« loin de moi ? Chacun de ces pas sera pour
« moi un martyre, un coup pesant sur mon
« cœur et l'éperon dont tu piques ton des-
« trier, un trait acéré qui percera mon âme...

37

« Pendant que tu fendras la mer cruelle, je
« fendrai, moi aussi dans ma douleur, un océan
« de larmes ; le nocher déploiera tes voiles et
« la Mort mon linceul ; dans le bruit du vent
« tu entendras ma plainte, trop heureuse si
« Borée, prenant pitié de moi, ranime de son
« souffle ta flamme assoupie.

38

« Mais, que dis-je, assoupie ? elle est étein-
« te, bien éteinte puisque je te vois partir.
« Ah qu'espéré-je encore ? Malheureuse ! et
« quelle est ma folie ? Ta flamme n'était pas
« réelle, mais feinte, ton amour était un men-
« songe, je le vois. Glorifie-toi d'avoir vaincu
« une jeune fille : que dis-je, vaincu ? non tu
« m'as abusée, perfide ! Trompeur, où t'en
« vas-tu ?

39

« Va-t'en cruel, va-t'en ingrat ; de toi nous
« arrivera bientôt une affreuse nouvelle : la
« mer ne se laissera pas braver par un homme
« si barbare ; elle redoublera contre toi la fu-
« reur de ses flots et, au milieu des écueils,
« elle vomira de son vaste sein le noir poison
« de ta cruauté. »

40

Ainsi parlait Ersilla dans sa douleur en
versant un océan de larmes. Son cher amant,
en les voyant couler, sent augmenter sa
flamme et lui dit : « Oh ! que tes yeux si
« chers fassent trêve de pleurs, c'est outra-
« ger notre amour, car, si je pars, mon cœur
« ne part pas.

41

« Je pars, il est vrai, car l'homme géné-
« reux et vaillant doit suivre la route de l'hon-
« neur ; mais si, je le confesse, ce départ cruel
« me conduit à la mort, toutefois, mon âme
« reste avec toi, que cela te console et te
« donne des forces ; mon corps désolé marche
« seul avec moi, car tu as lié mon cœur au
« tien avec une chaîne qui ne peut se rompre.

42

« Ne m'accable pas de reproches, car cha-
« cune de tes larmes est pour mon ardeur

« comme l'eau dont le forgeron lance des
« gouttes dans sa fournaise pour en aviver la
« flamme ; mon cœur est une pierre dont les
« étincelles redoublent aux coups dont l'acier
« le frappent, c'est l'immortel oiseau qui re-
« trouve la force et la vie dans le feu de son
« bûcher.

43

« Si mon coursier foule la terre lointaine,
« ta main tiendra le frein de ma vie ; si je
« m'éloigne de toi, ma pensée reviendra tou-
« jours vers ton cœur où je veux régner à ja-
« mais. Sur la mer, dans le calme ou la tem-
« pête, ta beauté sera toujours le phare qui
« me guidera. Que m'importe d'autres étoi-
« les, l'Ourse ou Pollux, puisque je contem-
« plerai avec bonheur ta douce lumière !

44

« Je pars comme c'est mon devoir. Que
« mon départ ne te semble pas si pénible ;
« bientôt je reviendrai, car je ne puis vivre loin
« de toi. Pour gage de mon amour, voici ma
« foi » ; et il baisa sa main fine et charmante.
Elle essuya ses yeux, il détourna son visage
en pleurant et partit.

45

L'Aurore se levait et, sur son char, traver-
sait les champs de l'air sans nuages, semant

l'or et l'argent sur la Terre et faisant jaillir de sa belle chevelure les flammes et les éclairs. Les ânes revenaient à leurs bâts, les cuisiniers à leurs fourneaux, les paysans menaient leurs vaches à la montagne et les hôtes comptaient avec les voyageurs.

46

Nos héros sont debout, ils se préparent au voyage, se mettent en selle, montent leurs coursiers rapides et leur enfoncent l'éperon dans les boyaux. Junon à cette vue sent redoubler sa colère et s'écrie : « Il est donc « vrai ! Vénus, comme toujours, veut lutter « avec moi.

47

« Ce mal dont j'ai, non sans raison, frappé « la Terre, elle veut le guérir et me couvrir « de honte en y cherchant des remèdes. Em- « parons-nous donc de ces gens qu'elle en- « voie, avant qu'ils parviennent au but de « leur entreprise. N'est-il pas juste de rabais- « ser son audace et d'arrêter ses pas au mi- « lieu de sa route ? »

48

Les illustres guerriers n'avaient pas fait trente milles, quand tout à coup cent géants au visage terrible saisissent les rênes de leurs

chevaux. Les chevaliers, frappés d'étonnement, se regardent fixement l'un l'autre,
mais, sans pouvoir se donner aucune aide,
et chacun d'eux reste muet d'épouvante et
de stupeur.

49

Tels qu'un homme qui, de loin, voit un
loup ou l'horrible visage de Méduse, ils restent comme des statues, dans une attitude
étrange, privés de toute force. Conduits un
à un dans une tour qu'on referme sur eux aussitôt, ils entendent une voix qui leur dit :
« Tant que durera l'enchantement vous serez
« prisonniers dans cette tombe obscure ».

50

Sur le mur de façade, étaient écrits en lettres rondes et bien lisibles ces mots : *L'en-*
chantement sera rompu par un homme fai-
sant le plus sot métier qui soit en ce monde.
Pour eux, ils étaient sans force, les bras pa-
ralysés ; leur corps n'était plus qu'une masse
immobile, ils semblaient autant de rats pris
au piège.

51

Un de leurs pages qui, pour son grand bonheur, avait évité la dure prison, court donner
la nouvelle à Gonsalve pour qui c'est un
grand déplaisir. Mais, comme chacun est

certain d'avoir plus de bon sens et de raison
que cinquante autres, personne ne veut en-
treprendre l'aventure et délivrer les chevaliers enchantés.

52

Gonsalve s'en étonne et dit : « Qu'on aille
« rompre cet enchantement ; celui qui le rom-
« pra recevra de nous, comme récompense,
« son poids en or. » Chacun pensant alors à
ses intérêts et au bonheur d'obtenir un tel
prix, aurait vendu moins que rien sa cervelle,
pour être un faux sage et un vrai fou.

53

Bien que chacun se croie beaucoup de prudence, il s'en trouva pourtant un grand nombre à qui le père des Heures [1] avait enlevé
déjà les premiers éléments de cette vertu.
Grands et sublimes, tant qu'ils avaient nagé
dans la joie et qu'ils étaient comblés de richesse, ils s'étaient aperçus plus tard, quand
le malheur les avait accablés, qu'ils avaient
follement perdu les mois et les années.

54

Les premiers qui marchèrent à l'assaut de
la tour, furent quatre champions alchimistes

[1] Elles étaient filles de Jupiter et de Thémis.

qui, pensant faire de l'or et des pierres précieuses, avaient passé bien du temps à souffler sur le charbon. Ils croyaient rompre l'enchantement au premier bond, espérant bien enfoncer les portes, avec deux bâtons seulement.

55

Mais l'effet ne répondit pas à l'espérance, les murs ne tremblèrent pas le moins du monde, quoique ces fous audacieux redoublassent leurs coups, et du haut du balcon une voix leur dit : « Bien que votre folie soit « grande et stupide, l'honneur que vous cher- « chez est réservé à une espèce de folie plus « grande encore. »

56

Alors, désespérés, reconnaissant leur sottise et leur longue erreur, ils quittèrent enfin l'art de la cornue, mais ce fut pour en prendre un pire encore. Ils battirent monnaie, et falsifièrent le métal et sa couleur, ce qui leur fit voir qu'après tant de bruit, il n'y avait qu'un pas de l'Alchimie à la potence.

57

Après eux arrivèrent au grand galop deux courtisans vieux et ruinés, portant au col une lourde chaine de fer et qui paraissaient devenus fous de désespoir. Pendant cinquante ans, sans bouger, ils avaient, à la cour, été traités comme des chiens et, à ce métier, les deux coquins n'avaient pas gagné un morceau de pain.

58

Leurs effets étaient en lambeaux, leurs vêtements déchirés, ils avaient les mains enduites de miel et pleines de mouches [1], ils pleuraient leurs malheurs, maudissaient l'avarice d'une cour sans pitié. Le bonheur et la richesse des autres aigrissaient leur chagrin et leur fiel. Voir que, de cent hommes, un seul arrivait aux honneurs, c'était un adoucissement à leur supplice.

59

Ils frappaient les portes et les murs à grands coups de pieds, les heurtant de toute leur force, comme deux taureaux indomptés font la guerre au vent ; mais bientôt ils entendirent les mêmes voix leur disant qu'ils couraient en vain cette aventure. Alors, couverts de honte, ils s'en allèrent tous deux à un hôpital du voisinage.

(1) Le miel probablement indique la flatterie, et comme il attire surtout les mouches, ces malheureux parasites de cour n'avaient retiré de leur sot esclavage que ces gênants insectes, au lieu des richesses qu'ils espéraient.

60

On vit s'avancer ensuite trois pédants, archisophistes, portant au front le *Janua sum rudibus*, leur *Cujus* (1) à la main, audacieux, prêts à la dispute, superbes, joyeux, se croyant excellemment propres à rompre non seulement l'enchantement mais les montagnes et, avec un visage terrible, faisant siffler la redoutable férule.

61

« O vous, dirent-ils, qui, par un art
« maudit, par maléfice, retenez *à tort*, dans
« cette *tour entourée* (2) de secrets enchante-

---

(1) Ce mot mis en latin dans le poëme ainsi que la sentence précédente, exprime certainement un sens usité dans la vieille pédagogie, et dont on ne trouve plus la trace que dans le mot italien actuel qu'il a formé : *Cujusso*, pédanterie, langage de pédant.

(2) Je conserve avec intention l'allitération que l'auteur a employée ici. Cette forme de diction était chère aux pédants de cette époque et constituait pour eux une pure élégance. Lalli s'en moque et prouve ainsi son bon goût.

Aujourd'hui, l'épigramme et les plaisanteries d'ateliers permettent seules cette originalité.

On peut citer comme exemple le vers qui courut Paris sous Louis XVI, lors de la construction du mur d'enceinte par les Fermiers Généraux :

Ce mur murant Paris, rend Paris murmurant.

Voici un autre exemple, qui peut trouver sa place dans la traduction d'un poème burlesque et qui, à sa perfection, joint le mérite d'être absolument inédit.

Il s'agissait de remplacer Empis à l'administration générale de la Comédie Française ; ce fut Edouard Thierry qui fut nommé (22 octobre 1859). Mais il avait été un moment

« ments une troupe de guerriers destinés à
« faire le bien du monde, cédez à la vertu de
« ce bâton, ouvrez cette porte maudite, sans
« délai, ou nous allons vous mettre en poudre.

62

« Nous sommes de cette race éruditissime
« qui, dans l'oisiveté, réveille l'émotion, qui
« rend les gens élégantissimes par son en-
« seignement lumineux et agréable. Nous
« combattons d'un cœur intrépide la fureur
« de l'ignorance perfide et villissime. Nous
« sommes les bâtons qui soutiennent la faible
« jeunesse et l'écartent du sentier de l'erreur
« et de l'iniquité. »

63

Comme ils parlaient ainsi, la fortune
ennemie brise en mille morceaux leur bâton
et, du haut des créneaux, verse sur leur tête
une pluie fétide et pas légère. Ce que devint
alors cette engeance perverse, on le com-
prend sans plus de mots. Il lui fallut tourner les talons et, les yeux baissés, s'en aller
puante et trempée.

question de Laurent-Pichat, ce qui inspira l'épigramme
suivante à l'un des rédacteurs de la *Correspondance litté-*
raire :

Laurent Pichat virant, coup hardi, bat Empis,
Lors Empis chavirant, couard, dit : bah ! tant pis !

64

Albumasser, le fameux astrologue, ne tarda pas à venir attaquer l'enchantement, avec son compas et son astrolabe, désireux à son tour de remporter la victoire. Il prétend mesurer le ciel et pénétrer les secrets les plus cachés, comme s'il foulait aux pieds les étoiles et les cercles inacessibles du firmament.

65

Il prétend aussi, parcourant le ciel d'orbite en orbite, prévoir l'avenir ; pénétrer jusqu'aux régions où Mars brandit son glaive, où Vénus lave ses jupons et son linge sale, où Saturne emplit son sac de mésaventures pour les jeter à l'un ou à l'autre, où Mercure va cacher ce qu'il vole, et où Jupiter se retire pour se déguiser.

66

La première maison de l'Orient annonce le bonheur, la seconde le malheur ; dans la suivante sont les frères, dans les autres le père et ses enfants, dans la sixième les serviteurs, dans l'Occident la femme, la huitième donne la guerre, la neuvième les mitres.[1]; cette autre les couronnes, et les deux dernières les vrais amis et les ennemis déclarés.

67

Telles sont les mille chimères, les mille rêveries qu'ils vont imaginant, lui et les autres charlatans. Dans les villes, dans les campagnes, ils vendent habilement leurs mensonges. Celui-là tranchait ici de l'Achille et compassait le ciel sans prendre le temps de respirer; enfin, il s'écria: Voici l'heure! voici le point! l'enchantement impie va finir.

68

Mais, tandis qu'il regarde avec attention les étoiles, sans bien voir où il met le pied, sa sottise, et non le destin, l'entraîne dans un précipice et dans l'abîme éternel; de l'enceinte qui fait le tour des murailles il tombe dans un gouffre horrible. Il voyait l'avenir, mais non le présent. O vanité! O folie! O aveuglement de l'esprit humain!

---

(1) Les Mitres: Ce mot est mis là pour désigner les grades ecclésiastiques. En astrologie, cette *case* ou *maison* était celle de la Piété (Voir note 3, p. 30). Il y a donc là un coup de patte au clergé qui remplaçait volontiers la piété par les honneurs.

69

Un autre vint ensuite qui, tout en faisant l'amour, avait accompli son quatorzième lustre et, changeant de poil mais non de vice, allait mordant de plus en plus à la débauche. Souvent par des soupirs ou des larmes, il invoquait le secours de sa nymphe et, dans les flammes amoureuses, devenait peu à peu tison d'Averne.

70

Tout ce qu'il avait d'argent et d'or, de bon et de beau, tout son héritage paternel, il avait tout dépensé et le dépensait chaque jour, restant nu comme un oiseau déplumé. Il était en somme l'idéal même de la Folie et sa parfaite image. Car le signe le plus certain de folie c'est de se perdre soi-même par amour d'autrui.

71

Si les excès de l'amour sont blâmables chez un jeune amoureux, combien sont-ils impies, repoussants et insensés dans le cœur d'un vieillard bossu et tremblant, dont la faute n'est plus celle d'un jeune homme, quand il persiste obstinément dans son erreur et, comme les âmes de l'Enfer, fait durer son crime éternellement.

72

Dans son interminable folie, tantôt, devant un miroir, il teignait sa barbe blanche, tantôt, pinçant le luth ou la lyre, il peignait son tourment à sa cruelle ; quelquefois il dansait au son de la musette, sautant ou frappant le sol d'un pas lent ou rapide. Enfin, pour exprimer l'amour qui pénétrait son cœur, il chantait des sonnets et des madrigaux.

73

Il donna de toute sa force un coup de pied au seuil de ces murs enchantés et l'édifice en reçut une si violente secousse que pendant plus d'une heure, il trembla comme la feuille. Cependant le charme ne céda pas, comme se réservant pour une autre folie et, perdant l'espérance, le vieil amoureux s'en alla triste et furieux au bruit des sifflets.

74

L'imprudent oiseau revint à ses anciens combats, au milieu de certaines dames de mœurs légères et qui avaient la tête hors du bonnet (1). Elles se mirent à le narguer, à lui jouer de mauvais tours et, un jour, pre-

(1) En France on dirait : *qui avaient jeté leurs bonnets par-dessus les moulins.*

nant un grand boyau de vache (1), elles l'en battirent avec tant de fureur que, tremblant et tout honteux il se jeta dans un four.

75

Le four était chaud, on venait d'en tirer le pain et, tout grillé, tout brûlé, le pauvre homme geint et pleure ; il ne lui restait pas un poil et il allait rôtir s'il n'eût sauté dehors en criant : « Maudit feu ! au prix de celui-« là, ceux d'Amour ne sont qu'un jeu ! ».

76

Enfin arrive un malheureux poète qui, possédé d'une fureur innée, faisait de matines à complies des vers amoureux et fades. Il ne saurait tirer le moindre fruit de sa folie, il y perd son temps et son argent, car aujourd'hui les poètes et les meilleurs, ne recueillent de leurs veilles que des feuilles et des fleurs.

77

Art vain, art insensé, art enchaîné de mille

---

(1) Ce boyau de vache s'emploie encore en Italie les jours de carnaval. On souffle dans un cœcum, on le lie et après l'avoir attaché à un bâton, les Pierrots et Polichinelles en frappent à tour de bras ceux qu'ils rencontrent, faisant un bruit énorme sans faire de mal.

entraves, dont le babil excite la raillerie ou dont les sueurs se perdent dans le sable. Et si quelqu'un de ses adeptes, tel qu'un phénix, obtient le prix d'un noble chant, on s'étonne, on est frappé de stupeur, comme à la vue d'une comète dans le ciel, d'un monstre sur la terre.

78

L'oiseau de l'Inde (1), en saluant César de deux mots, gagne un trésor. Le bavardage d'un bouffon remplit ses boyaux et fait pleuvoir dans sa bourse l'argent et l'or. La malheureuse poésie gémit au bordel (2), le front ceint d'un laurier vert et stérile. Plus elle prend de peine à donner des louanges, plus elle reste pauvre et mendiante.

79

Tel était de cet homme le sot métier, le malheureux sort, quand (chose rare et mémorable), les portes s'ouvrirent et la troupe

(1) On sait qu'Auguste paya fort cher un corbeau et un perroquet qui au retour d'Actium l'avaient salué du fameux : *Ave Cæsar imperator !* et encore plus cher un autre corbeau qui, dédaigné d'abord, parce qu'il répétait les mêmes paroles, y avait ajouté : *Oleum et operam perdidi,* mots que son maître désespéré répétait sans cesse en ne lui voyant pas faire de progrès.

(2) Voir la note 2, p. 28.

des prisonniers sortit librement de l'antre de la mort. Ce fut ainsi, qu'un poète, en rompant l'enchantement, eut la gloire et l'honneur réservés à la Folie.

80

C'était justice ; car le poète use en vain son temps, sa vie et tout ce qu'il possède à faire un métier qui donne de la paille et non du pain, des piqûres d'abeilles et non du miel, des fleurs et non des fruits. Combien en voit-on de cette humeur, nus, ruinés et peu à peu réduits à la mendicité. Concluons donc que le poète est un sot de faire le plus sot métier qui soit au monde.

CHANT QUATRIÈME

ARGUMENT.

Junon dans sa colère fait publier contre les poètes un édit cruel. Les Envoyés se distraient par des contes et, voguant à pleines voiles, avec un bon vent, ils arrivent dans l'Inde.

I

 la nouvelle de l'enchantement, l'amoureuse Ersilla, audacieuse dans sa douleur au-delà des forces d'une femme, brûle de secourir son amant et, ne sachant où trouver d'aide, elle se désole et fond en larmes. La pudeur la retient, l'Amour l'aiguillonne et au milieu de ses pensées, elle se dit :

2

« Ah ! quelle dure prison renferme mon
« âme, l'idole que j'adore ? Qui m'a dérobé,
« qui retient hélas ! sous la terre ma suprême
« espérance, mon trésor ? Toi que pendant
« longtemps, depuis que dure cette guerre,
« l'Amour n'a pu prendre dans ses lacs d'or,

« doux sujet de mes peines, d'autres nœuds,
« d'autres chaînes t'enserrent maintenant.

3

« J'irai à cette prison et le marbre même
« ne sera pas si impitoyable, si dur que le
« flot de mes pleurs ne le brise et ne pénè-
« tre ces murailles ; le fer, à cette flamme
« dont mon sein conserve l'ardent foyer, le
« fer aussi perdra sa dureté et s'amollira peu
« à peu au feu de l'Amour.

4

« Oui j'irai et, si la magie perfide t'a fait
« prisonnier, j'espère bien qu'à moi, magi-
« cienne d'amour, il ne sera pas refusé de te
« délivrer. Si, comme on le dit, tu ne peux
« devoir ta liberté qu'au plus fou des mortels,
« moi seule je puis l'obtenir, moi la plus folle
« des amantes.

5

« Je suis folle d'amour, insensée d'aimer
« un homme si ingrat ; ou plutôt j'ai plus de
« raison que personne quand j'aime un hom-
« me beau, noble et puissant. Mais s'il ne
« m'aime pas en retour, je suis folle ; si j'aime
« un objet aimable, j'ai l'esprit sage, l'Amour

« sans espérance est folie, mais l'amour dé-
« sintéressé est un sage amour.

6

« Je suis si lasse que je ne sais ce que je
« suis. Je suis à la fois sage et insensée.
« Connaissant la folie de mon amour, je la
« renferme sagement dans mon cœur. J'aime
« un homme tout de grâce et d'élégance, on
« me tient pour sage quand j'avoue cet amour ;
« mais, si j'aime un homme méchant, ingrat
« et déloyal, qui ne considérera cet amour
« comme insensé ? [1]

7

« Mais quelle crainte s'empare de mon
« cœur ? Quel nouveau malheur vais-je pré-
« voir ? C'est que d'une autre femme l'amour
« perfide et coupable ait déjà fait à ton cœur
« une profonde blessure ; que tu aies mis
« Ersilla en oubli pour une magicienne trom-
« peuse, qui tiendra non seulement ton corps,
« mais ton cœur enchaîné pour augmenter
« mon désespoir !

[1] Il y a là une série de concetti que la langue française
rend, du reste, très lourdement. C'est bien dans le goût de
l'époque, mais l'auteur qui donne peu dans ce travers, y
a cédé cette fois et peut-être pour caractériser l'*Italiana
amorosa* de son temps.

8

« Miale, toi qui ne m'appartiens plus, tu
« as su te soustraire au nœud d'amour fait
« de mes mains ! Tu as fui pour toujours nos
« amours légitimes et pudiques, je le vois
« bien, d'ailleurs on me l'a dit. Et mainte-
« nant, oh! comme je voudrais me tromper !
« tu restes dans les liens d'une femme lascive
« et sans pudeur, et dans son sein, nid de
« plaisir pour toi, tu te ris peut-être d'Er-
« silla.

9

« Mais qui sait ! peut-être au contraire le
« Ciel a-t-il voulu par cet enchantement mon-
« trer si j'ai dans le cœur assez d'audace pour
« délivrer mon amant, et si mon amour est
« digne de lui ? Peut-être lui-même, dans ce
« moment terrible, en attend-il la preuve
« certaine. Peut-être se plaint-il de mon peu
« d'ardeur, de ma négligence et de mon re-
« tard.

10

« Et quelle plus belle occasion pourrai-je
« avoir de lui faire connaître mon amour ? Que
« je serais ingrate au contraire, si je ne lui
« montrais combien je l'aime ! Je cours à de
« grands dangers, il est vrai, mais, depuis

« que j'aime, que m'importent les dangers ?
« Et quand l'amour enflamme un noble cœur,
« plus est grand le péril, plus l'amour res-
« plendit. »

11

Au moment où parlant ainsi et pleine
d'audace, elle va partir à sa recherche, elle
apprend que l'enchantement et sa maligne
influence ont été dissipés. Elle est délivrée
de l'angoisse qui teignait de safran son
visage, mais non de la hantise qui lui fait
désirer nuit et jour le retour de son idole.

12

Cependant Junon, rouge comme une écre-
visse cuite, voit que ses lacs sont coupés,
qu'un poète a rompu l'enchantement et tiré
les guerriers de leur fâcheux embarras. Elle
se mord le doigt (1) et dit : « Ah ! la puissance
« de mon bras est-elle à ce point dédaignée ?
« Quoique un seul m'ait offensée, je veux
« punir l'orgueil de la bande poétique ».

13

Ainsi, par la faute d'une ville, on voit sou-

(1) En Français, se mordre les doigts, c'est regretter
quelque chose ; mais en Italien cela signifie : aspirer à la
vengeance.

vent comprendre dans le châtiment universel un innocent qui n'a pris aucune part au crime. Le prince, bien que l'erreur lui soit connue, permet qu'on punisse avec les autres un homme qu'il ne croit pas coupable, car il faut, quand le crime est énorme, inspirer la terreur par de grands exemples.

14

Elle dit et, furieuse, se rend à la grande Chancellerie criminelle de la cour céleste des Dieux et de son époux, le puissant Jupiter. Elle s'en fait ouvrir les portes. Elle y trouve les édits publiés jadis et pour leur malheur contre les poètes. Elles les fait renouveler et les aggrave en y joignant des mesures plus sévères.

15

Ainsi revus, puis scellés du grand sceau du maître du Tonnerre, ces décrets sont gravés sur une table de diamant. On chargea de les publier chez nous un vagabond, joueur de trompette, qui, à son de cornemuse, d'une voix haute et retentissante, les lut dans les termes suivants :

16

« Attendu qu'un poète a délivré les treize « guerriers en les tirant des cavernes obs-

« cures où ils étaient enfermés, Jupiter a ren-
« du les édits suivants et il veut que chacun
« les observe. D'abord il confirme aux poètes,
« même pour les temps à venir, le titre de
« fous qu'ils ont toujours porté, bien qu'en
« cherchant à faire venir l'eau à leur moulin [1]
« ils appellent cela fureur sacrée et divine.

17

« Il veut que jamais ne soit puni quiconque
« pourrait leur donner ce nom de fous ; qu'ils
« vivent toujours dans la douleur et les gé-
« missements, sous les traits de la fortune
« adverse ; que les villes où les poètes sont
« nombreux contruisent des hôpitaux trois
« fois plus grands ; qu'on leur donne pour
« aliments des fleurs, des feuilles et de l'eau
« ou qu'ils vivent d'air, comme les camé-
« léons.

18

« Qu'en plein midi, la lanterne à la main,
« ils aillent à la recherche des Mécènes :
« qu'ils maudissent toujours le temps pré-
« sent et fassent l'éloge des temps passés ;
« que le mensonge soit leur éternel compa-
« gnon et qu'ils soient pendus s'ils disent la

(1) En cherchant à faire des bénéfices.

« vérité ; qu'ils puissent commettre des vols
« sans encourir d'autre peine que celle du
« bâton sur l'échine.

19

« Qu'ils ne se couchent jamais qu'ayant
« faim, bâtissant toujours en l'air des tours
« et des châteaux ; qu'ils se croient toujours,
« dans leur belle imagination, montés sur
« Pégase ; qu'ils n'aient jamais un sou en
« poche pour acheter du pain moisi, et que
« leurs vers, même ceux d'Homère, ne soient
« jamais estimés un zéro par le vulgaire.

20

« Que les princes eux-mêmes, que leurs
« patrons, les abhorrent toujours comme la
« peste, à moins qu'ils ne tiennent un peu du
« bouffon qui maintient la cour en joie ; que
« leurs chansons ennuient toujours, à moins
« d'être bien mordantes, car c'est là le style
« qui plaît aujourd'hui.

21

« Qu'ils aient des habits déchirés et si la
« fortune en fait naître un dans la richesse,
« qu'en mourant il n'ait rien à laisser com-
« me héritage à ses enfants ; que, comme les
« chiens, ils aboyent toujours à la lune, pen-

« dant que les autres vivent et festinent
« joyeusement ; qu'enfin leurs œuvres ser-
« vent à envelopper les harengs et les sau-
« cisses.

22

« Que tout le monde les regarde comme
« des charbons, car ils noircissent ou brûlent
« à vif (¹), qu'ils soient toujours dans les dou-
« leurs de l'enfantement et qu'ils avortent
« ridiculement d'un ignoble rat ; qu'un poète
« soit regardé comme un sot quand il ne
« prend pas à Vénus son charme lascif, à
« Momus le style de l'Arétin, à Bacchus la
« douce fureur du vin.

23

« Que souvent ils donnent le prix de la
« Beauté à une vilaine drôlesse, et qu'ils dé-
« daignent une femme digne d'être la reine
« du monde ; qu'ils vantent le sang royal
« d'un ex-marmiton ; qu'ils fassent un Her-
« cule de la lance et de l'épée, d'un laveur
« de vaisselle (²).

24

« Nous voulons que, dans tous les temps,

(1) En critiquant tout le monde.

(2) Critiques des flatteries de certains poètes du temps et
de leurs hyperboles que la poésie même n'excuse pas.

« il y ait entre les poètes les plus cruelles
« guerres civiles, qu'ils se lancent en vers des
« défis au couteau ; qu'ils disent toujours pis
« que pendre du style d'autrui ; qu'on en-
« tende souvent entre eux des critiques à la
« façon de Castelvetro (1) ; des sifflets et au-
« tres plaisanteries aimables, comme celles
« des chiens furieux qui se mordent les uns
« les autres.

25

« Nous leur concédons le droit de se laver
« entre eux la tête sans savon ; mais qu'ils
« ne trouvent pas mauvais qu'on les exile
« comme Ovide ; qu'ils puissent, à leur de-
« mande, recevoir pour le moins une cou-
« ronne d'orties et qu'enfin ils aient la tête
« pelée comme l'était celle de Pétrarque,
« lorsqu'il ceignit le laurier.

26

« Nous déclarons toutefois qu'il s'agit ici
« de ces poètes qui ne savent autre chose
« que poétiser et sont du reste des ânes té-
« méraires. Quant aux cygnes qui s'élèvent
« au-dessus de la foule et que leurs ailes pré-
« servent de ces filets, qu'on les honore et

(1) Castelvetro, critique, né à Modène en 1505, mort en
1571. Son humeur difficile l'a porté plus souvent au blâme
qu'à la louange.

« qu'on les comble de louanges, comme des
« esprits rares et des génies illustres.

27

Cet édit contenait beaucoup d'autres choses que, par pitié, je n'ose pas redire, et qui
se sont vérifiées depuis dans la troupe fameuse
autant qu'affamée. Aussi, quand je pense à
tant d'infortune, je ne puis que m'écrier dans
ma douleur : « Les jardins du Pinde, la source
« d'Hélicon donnent un maigre dîner, un
« souper à mourir de faim ! »

28

Seuls, le chantre d'Adonis [1] et le Cygne
illustre qui, dans ses vers sublimes, chanta
Héraclius [2], échappèrent à la malignité des

(1) Marini ou Marino (Jean-Baptiste) né à Naples en 1569
mort dans cette ville en 1625. Connu en France sous le nom
du *Cavalier Marin*, il composa pendant son séjour à la cour
de Louis XIII (1623) un poème en 20 chants sur les amours
d'Adonis, poème qui eut un immense succès. Malgré l'admiration de J.-J. Rousseau pour cet auteur, son poème passe
et à juste raison, à l'heure actuelle pour être d'une grande
faiblesse. Si Lalli l'élève au pinacle, c'est que l'Italie com-
mençait à cette époque à devenir très pauvre en poëtes.

(2) *Eracleiade o Eracliade : poema perduto* DI PANIASI
(Dict. de Tommaseo). Il m'a été impossible de trouver
aucun renseignement sur cet auteur que Lalli estimait
tant et dont le nom nous est conservé seulement par le
Dictionnaire Italien. Il est inutile, je pense, de faire remarquer qu'il ne peut être question de Corneille dont la Tra-
gédie d'Héraclius n'a paru qu'en 1646, dix-sept ans après
le poëme de Lalli.

H

astres et tirèrent du Parnasse de bel et bon
or : l'un grâce à la bonté du roi de France,
nouvel Auguste de notre siècle (1), l'autre, à
qui les abeilles donnèrent un miel d'or, et les
grands Médicis une formule si précieuse (2).

29

Toi, sage Antoine Ramiro(3), tu cherchas un
autre sujet et un autre aliment que la poésie,
quoique Apollon et le sacré chœur Aonien
t'offrissent parmi leurs cygnes une situation
élevée. Tu fus, au milieu de leurs délices et
plus que tout autre, chéri par eux dans tes
premiers ans, mais plus tard, songeant à tes
affaires, tu laissas là ce sot métier.

30

Alors, quittant le Tibre, tu vins, pélerin
fameux, te faire un nid au sein de l'Adriatique et, sous ce beau ciel, tu trouvas un
port sûr et des biens honnêtement acquis.

(1) Louis XIII.

(2) *Api* : Les abeilles, armes de la famille Barberini. Il est
question ici de Maffeo Barberini, devenu pape sous le nom
d'Urbain VIII (V. st. 74, ch. VI).

Medici forme un jeu de mots intraduisible sur Medecins
et Médicis ; jeu de mots redoublé par le *Recipe*, formule,
ordonnance de médecine, ou, bon à toucher sur une caisse,
au Trésor.

(3) Je n'ai pu, malgré toutes mes recherches, découvrir
le moindre renseignement sur ce personnage dont Lalli
parle comme d'un homme connu à cette époque.

Maintenant, si tu veux de grandes richesses je suis assuré de t'en montrer la route, la route par laquelle en un moment tu peux acquérir une montagne d'or et d'argent.

31

Consacre uniquement tes talents au service du Saint-Bois ; il te donnera des effets merveilleux et un gain suffisant pour acheter un royaume. Tu en répandras, dans ma patrie seulement, trois mille charges par an, et je te réponds du succès. Bref, je m'engage à m'associer avec toi, si cela te convient.

32

Notre pays est plein de ce Mal français. Nobles et manants, riches et pauvres, artistes et artisans ou gens qui, avec des gants, cachent les plaies de leurs mains, marchands d'aromates, docteurs, soldats, capitaines et jusqu'aux chats, tous veulent avoir de ce bois. Tu pourras donc acquérir un fleuve de richesse et pour cela tu n'auras pas besoin d'alambic (1).

33

Parmi ceux qui avaient tenté vainement de rompre l'enchantement, le poète vainqueur,

(1) Tu n'auras pas besoin de chercher la pierre philosophale.

pressé d'avoir le beau poids d'or que lui promettait un édit clair et net, court la poste, tenant à la main un rameau de laurier verdoyant et fouettant un grand âne. Il arrive près de Gonsalve et lui demande avec instance la récompense promise.

34

Mais le Capitaine qui, dans cette guerre si longue avait déjà dépensé un argent fou, haussa les épaules. Oh ! malheureux ! et toujours malheureux travailleurs du Parnasse, cruel destin qui force les gens à porter des habits râpés, quand ils ne vont pas tout nus ; sort affreux qui prive cet homme de ce que lui donnait la Fortune !

35

Cependant, le noble seigneur, pour ne pas manquer tout à fait à sa parole, voyant d'ailleurs que notre homme voulait se pendre et devenait fou de désespoir, en place de l'or que dédaignent les sages et dont les chats ne mangent pas, lui donna ce privilège, moins fragile après tout :

36

Que lui d'abord, tant qu'il vivrait, fût-ce autant que Mathusalem, et cette troupe aussi qui, noble et couverte de fleurs, compose

tous les jours des chansonnettes, ils auraient
du Saint-Bois *gratis* et autant qu'il leur en
faudrait et, pour que cela fût connu de tout
le monde, il lui en expédia un grand brevet
doré.

37

C'était beaucoup, mais il aurait dû encore
exempter les poètes de son royaume de lo-
ger les soldats, qui font blanchir les cheveux
aux gens et sont les diables déchaînés ; avi-
ser à ce que, revenant fatigués du Parnasse,
ils ne fussent pas écorchés par l'ennemi et
qu'on ne les appelât pas : « valets d'Apollon,
farceurs et fous. »

38

Il devait encore s'efforcer d'obtenir des
autres Princes du Monde qu'ils leur donnas-
sent, au moins, les os qu'on jette aux chiens ;
qu'ils ne les contraignissent plus d'aboyer
toute la nuit avec d'horribles accents ; et que
les Muses leur tendissent une main généreuse, comme celle de Farnèse, mon Seigneur.

39

Cependant les guerriers poursuivaient
leur chemin, passant tantôt par un pays,
tantôt par un autre, quand, arrivés à Rome,
un pauvre diable leur demanda l'aumône

d'un quattrino [1] puis voyant Aminal : « Ah,
« frère, s'écrie-t-il, peut-être tu ne reconnais
« pas ton Zerbin, ton compatriote, que tu
« aimais si tendrement, à l'égal de toi-même ?

40

« C'est moi, oui moi ! vois à quel affreux
« état je suis arrivé ; c'est moi, regarde
« bien, tu ne le crois peut-être pas, c'est
« moi qui te suis uni par le sang et plus
« encore par l'affection ». L'autre s'arrête,
le regarde, ému de pitié, frappé d'étonnement ; il voit, et tient ce qu'il voit pour un
mensonge, ne sachant s'il est bien éveillé ou
s'il ne rêve pas.

41

Il voit cet homme d'un sang noble, qui
fut très riche, qui était un petit seigneur, qui
aurait pu jouter avec Mars, tant il était habile aux armes, un homme qui, par sa mine,
aurait déconfit et mis en morceaux le cœur
d'illustres dames, et dont aujourd'hui les
dehors si tristes et si navrants auraient ému
de pitié jusqu'à des tigres.

42

Une infernale Médée avait déformé son

(1) *Quattrino* monnaie qui valait quatre deniers, à peu
près équivalente au liard lequel valait trois deniers.

nez d'une si étrange manière qu'il ne lui restait plus que ce que la Falcidia et la Trebellianica, pouvaient lui en laisser [1]. Des pieds à la tête, il était l'image de la misère et il ne lui manquait dans son malheur que la faux pour représenter la Mort.

43

Il avait la main lépreuse et traversée de fistules, tout le front écorché et noir ; il était si couvert de plaies que, même de loin, il aurait infecté une ville entière. « Quel est, dit « Aminal, le Turc féroce et infidèle qui t'a « mis dans un tel état ? Frère, dis-le moi et, « pour qu'il n'en prenne pas l'habitude, je « veux le mettre en mille pièces.

44

« Ce ne sont, répondit Zerbin, ni les Turcs, « ni les Mores qui m'ont joué ce cruel et vi- « lain tour ; ce sont des ennemis bien plus « redoutables qui m'ont perdu à jamais. Les « femmes, hélas, les femmes, qui, sous des « feuillages et des fleurs, cachaient le diable « de l'enfer ; les femmes, Seigneur ! qui, pour « mon malheur, tu le vois, m'ont arrangé de « la sorte.

(1) La Falcidia et la Trebellianica, lois romaines qui, dans certains cas, assignaient aux plaideurs, un quart seulement de leur demande. Le malheureux n'avait donc plus qu'un quart de nez.

45

« Pour elles, j'ai dépensé, j'ai prodigué l'or
« et l'argent, j'ai vendu mes riches domai-
« nes, jeté au vent toutes mes autres riches-
« ses, abandonné les chevaux et la noble
« compagnie. Ajoute que, pour comble de
« malheur, j'ai été blessé par des dames
« françaises. N'est-ce pas en effet, Mal fran-
« çais que le Monde a nommé cette maladie
« sortie des Enfers ?

46

L'autre lui répondit : « Mon ami, je suis
« désolé de te voir si malheureux mais c'est
« bien fait, car tu mérites ces malheurs plus
« que l'âne ne mérite le bât. Que chacun pro-
« fite de ton exemple et n'abaisse pas sa pen-
« sée jusqu'à l'ignoble fange ; on doit s'ins-
« truire aux dépens des autres à moins d'être
« un fou qu'il faut enchaîner.

47

« Où sont les roses et la neige de ton beau
« visage, l'animation de ton teint, la grâce
« amoureuse de tes joues charmantes, l'or
« de ta chevelure, ta force et ta valeur, ton
« ancienne et divine élégance ? Hélas, dans
« ses fables, le grand Ovide n'a pas mis
« une pareille métamorphose ! »

48

Il dit et part au galop, mais après lui avoir donné cinq carlins [1]. Il ne leur arriva rien de plus, jusqu'à ce qu'ils eussent atteint le bord de la mer. Ils s'embarquèrent alors et passèrent à naviguer bien des soirs et des matins, tant que d'une si longue navigation ils s'ennuyèrent tous, plus que le bourreau ne s'ennuie à ne pas faire de mal.

49

A la fin, Carellario, leur chef, dit à ses compagnons : « Je crois qu'il serait bon, « pour charmer l'ennui du voyage, de ra- « conter quelque histoire amusante et dont « le sujet serait de faire voir comment l'hom- « me, dominé par trop d'amour, devient fou « peu à peu et jusqu'à mériter, non seule- « ment le bois que nous allons chercher, « mais la corde [2]. »

(1) *Carlino*, Carlin, petit Charles : monnaie en usage dans le royaume de Naples sous les Bourbons. Elle équivalait à 42 centimes et tirait son nom du souverain représenté sur l'effigie.

(2) Phrase à double sens à cause de *legno* qui signifie bois ou bâton, et de *fune* qui veut dire lien, corde ou appareil de torture, estrapade. Le fou d'amour contractant le mal aura besoin du Saint-Bois et sera torturé par la douleur, mais il méritera aussi d'être battu ou lié comme un autre fou.

50

Il continua ainsi : J'ai connu un certain Brunoro, dont la femme, très jolie, joignait à un teint de lis et à des cheveux d'or la séduisante fleur de toutes les beautés. Cependant, un si rare trésor ne suffisant pas à ses désirs effrénés, il était devenu passionnément amoureux d'une de leurs servantes, belle, mais vertueuse.

51

Il essaya bien souvent de l'attendrir, de l'amener à satisfaire ses désirs lascifs et insensés ; il y joignit même tantôt des menaces, tantôt des présents secrets et de grande valeur ; mais, elle, en fille prudente et discrète, rendait toujours ses efforts inutiles. A quoi bon ? plus elle refuse et plus le malheureux brûle et s'enflamme.

52

Il profite d'un jour où, dans un caveau, seulette, elle blutait de la farine ; il espère réaliser (1) là son projet et commettre un doux larcin. Enhardi par l'aveugle amour, il va la trouver en cachette et, mêlant la

(1) *Incarnare* veut bien dire réaliser, mais ici le mot a un sens beaucoup plus réaliste.

prière aux attaques, il lui exprime son amour avec la main plus encore qu'avec la parole.

53

« Que faites-vous ? s'écrie-t-elle : écoutez,
« je veux bien, mais j'ai peur d'une chose.
« Si par hasard madame arrivait ici, que
« deviendrais-je ? Malheureux que feriez-
« vous ? Je vais aller fermer la porte et puis
« vous aurez de moi ce que vous voudrez. Je
« verrai ce qu'elle fait, et je reviens me jeter
« dans vos bras.

54

« Mais, de peur que n'entendant plus le
« bruit du bluteau, elle puisse soupçonner
« quelque chose et arriver à l'instant, enfin
« pour que quelque malheur ne vienne pas
« troubler notre plaisir, maintenant que mon
« cœur vous accorde tout, prenez ce sas et
« secouez-le à ma place.

55

« Et pour que la farine ne salisse pas vos
« beaux habits, mettez sur vous mon jupon
« qui vous descendra jusqu'aux pieds. » Il ac-
cepte volontiers ces conditions et se prête à
tout ce qu'elle demande, il se couvre de la jupe
et, se courbant, il se met à bluter.

56

Oh, puissance de l'amour ! Voyez, amants, un nouvel Hercule tenant pire qu'un fuseau ! Voyez où vous conduit enfin, à pas errants, un enfant aveugle ! En combien et de quelles manières il se pavane et se raille des affronts d'autrui, sans jamais se lasser de mettre au cou de l'homme le joug le plus pesant.

57

La rusée servante part et va conter toute l'histoire à sa maîtresse. Celle-ci descend et d'un air aimable, comme si elle ressentait peu cette offense : « Salut, dit-elle, homme vail- « lant et fort, combien gagnes-tu par jour à ce « métier ? Je te prie en grâce de me faire une « galette avec cette farine ».

58

Frappé de stupeur, éperdu, couvert de honte en voyant son secret trahi, et lui-même pris sur le fait, il faillit en devenir fou. Il s'élança furieux et le bras levé sur sa servante ; mais sa femme le retint et sa colère finit par s'apaiser. Ce fut une honte de moins.

59

Les guerriers furent invités à conter des nouvelles tour à tour. On y voyait, entr'autres, un homme qui, trompé dans ses amours, en vint à renier le Ciel. Je les dirais bien ces contes, mais à force de digressions j'arriverais peut-être à battre la campagne, et la critique dirait que le vers tombe sur le nez quand il saute du coq à l'âne.

60

Ils poursuivaient dans ces entretiens leur chemin sur la plaine liquide, et le vent pour se divertir jouait avec les voiles comme un matassin [1]. Bientôt leurs yeux attentifs reconnurent qu'ils approchaient du port et découvrant plus distinctement le rivage, ils poussèrent jusqu'au ciel des cris d'allégresse.

(1) Personnage de la comédie italienne. C'était un danseur comique que Molière, trente ans plus tard, armait d'une seringue en guise d'épée.

CHANT CINQUIÈME

ARGUMENT.

Les guerriers combattent les Indiens et courent de grands dangers. Puis, échappant aux tempêtes, ils reviennent gaiement, sains et saufs, avec le Saint-Bois.

I

 peine les guerriers avaient-ils abordé que survint une grande troupe d'hommes nus, qui s'emparèrent de deux matelots et les dévorèrent tout crus. « Malepeste [1], dirent nos gens, quel appétit ! » Ils lacèrent leurs corselets, prirent leurs écus et hardiment, la lance à la main, ils en enfilèrent quatorze sur place.

2

Mais ce qui effrayait les Indiens plus que

(1) Dans le texte *Cancar* pour *Canchero*, cancer, chancre est un juron Lombard très antérieur à la syphilis et n'ayant par conséquent aucun rapport avec elle. On dit encore : *Che mi* ou *Ti venga il canchero* ; Que la peste me ou te crève ! Le vieux juron français est donc l'exacte traduction de l'Italien.

les épées et les lances, c'étaient ces panaches si hauts et si gros que les nôtres portaient sur leurs casques, panaches qui rendent hardis ceux qui les portent et les font paraître autant de Samsons. Aussi les femmes en veulent-elles porter maintenant pour paraître plus majestueuses et plus belles.

3

Un temps viendra peut-être où les femmes, outre les panaches qu'elles ont pris aux soldats, porteront bravement des moustaches parfumées et ajustées avec art. Les hommes au contraire, tombés dans la mollesse, seront mis à l'aiguille et à la quenouille. Il y en a même déjà qui prennent ce déguisement sans attendre les siècles à venir.

4

Un des Indiens plus vorace que les autres, mordit l'armure d'un des nôtres et croyait emporter le morceau quand au contraire ce furent toutes ses dents qui tombèrent. « C'est « bien autre chose que de manger des pol- « pettes, (1) dit-il. Quels diables de gens ! « Que ce soit artifice ou nature, je n'ai jamais « trouvé de viande si dure ».

(1) Croquettes de viande hachée et frites en forme de boules.

5

Quand ses compagnons virent ce malheureux édenté d'une si étrange manière, ils s'enfuirent comme des diables déchaînés, sans même dire adieu. Les nôtres trouvèrent que c'était s'en tirer à bon marché que de mettre ainsi en fuite un peuple si féroce qui va à la chasse de l'homme, le tue et le mange par instinct.

6

Dans leur langue : ils s'appellent Cannibales. Oh ! combien n'avons-nous pas de notre temps d'hommes semblables ou plutôt de monstres sans pitié qui ne prennent pas l'or seulement, mais sucent le sang d'autrui. Les premiers ont pour demeures non la place publique ou le forum, mais des cavernes, des réduits solitaires ; les autres, ourdissent de mortels complots ouvertement, dans les villes et en présence de tous.

7

Le jour suivant des archers vinrent par milliers à leur rencontre. Ce n'étaient plus de ces affamés qui mangeaient les hommes en trois bouchées, mais ils n'étaient pas moins redoutables pour cela, car les pointes en os de leurs flèches et de leurs lances étaient enduites d'un poison mortel.

8

Si peu qu'on fût blessé par ces armes, on pouvait bien dire : « Bonsoir, les amis ! » car on ne pouvait plus ni boire un coup, ni faire la soupe, ni manger du fromage mou ; on n'avait pas le temps de passer de Complies à Matines [1] ; les choses allaient trop vite et l'affreux poison, en trois sauts, vous envoyait promener.

9

Nos guerriers, avec le casque et la cuirasse se protégeaient de leur mieux. Ils ne cessaient de crier : « Tue, tue ! » Mais c'était mâcher à vide. A la fin, ils se firent place en tirant un coup, je dis un coup de ce métal perforé [2] qui tuerait un homme déjà enterré [3].

10

Quand ils entendirent cet horrible tonnerre et qu'ils virent l'effet du coup de canon, les sauvages dirent : « Ce sont des « Dieux ! certainement ce sont des Dieux !! « ne les offensons plus, mais gare, gare !! » Et laissant là leur audace, ils s'enfuirent à toutes

(1) L'espace d'une soirée, du coucher du soleil à minuit.
(2) Couleuvrine, bombardes.
(3) *Ch'ammarrarebbe un huom già sotterrato* ; capable de faire une chose impossible.

jambes malgré les efforts de la nature pour
les débarrasser, par en bas, des effets de leur
peur (1).

11

Stupéfiés, ils restaient la bouche ouverte
comme lorsqu'on mord un morceau trop
chaud. Les uns tenaient pour certain que
c'étaient des Dieux puissants, d'autres qu'ils
avaient été jetés là par les vents et les fureurs
de la mer ; d'autres enfin, au tonnerre des
canons, les croyaient maîtres des nuages.

12

Mais la fortune allait frapper de ses traits
Ermil, un de nos écuyers, qui fut pris un
jour par les Indiens et chargé de liens comme un bandit. Ils se dirent alors : « Voyons
« s'il est invulnérable ? s'il est mortel ou s'il
« ne peut mourir ? nous saurons mieux alors
« comment nous y prendre avec les autres ».

13

Ils lui mirent donc une grosse pierre au
cou et, du haut d'un rocher, le jetèrent à la
mer. Le malheureux criait : « J'ai faim, don-
« nez-moi au moins à goûter ». Mais la pierre
l'entraîna si bien au fond, qu'il oublia de re-

(1) Malgré une épouvantable colique.

monter sur l'eau. Tout joyeux les Indiens se dirent : « Allons ! vite ! nous en ferons autant « des autres ».

14

Mille fois ils essayèrent de les faire échec et mat, mais, au bruit de la couleuvrine, ils s'enfuyaient comme des rats à la vue du chat. Cependant nos guerriers n'ayant plus ni grain ni farine, se désespéraient, maudissaient l'entreprise et devenaient furieux comme des oiseaux en cage.

15

Personne qui leur souhaitât la bienvenue, pas de pain, pas de rôti ni de bouilli, pas de saucisses, pas un trognon de chou. Ils croyaient trouver dans ce pays les hommes amenés par Colomb, mais ceux-ci étaient à trois mille milles de là, amassant de l'or par charretées.

16

Pendant que toutes ces misères assaillaient les guerriers, survint, à l'improviste, un Portugais qui infectait l'air à six milles à la ronde, avec les gousses d'ail qu'il apportait dans ces contrées. Il avait aussi beaucoup de miroirs, de sonnettes, de couteaux, de faveurs et d'autres futilités semblables, qu'il échangeait contre de l'or, des perles et des

pierres fines avec ces peuples du temps de
Mathusalem [1].

17

Pour cent gousses d'ail, il recevait cent
perles, parfaitement rondes, aussi grosses
que des noix et des châtaignes. Il allait au
pays qu'il savait en posséder le plus et
croyait que nos guerriers cherchaient la
même chose, ne sachant pas qu'ils ne demandaient que du Saint-Bois.

18

Quand il apprit d'eux la grande raison qui
leur faisait faire un si long voyage, il s'en ré-
jouit fort, car en homme sage, il ne voulait
pas que d'autres que lui eussent part au gâteau. Fin renard, il ne parla pas de lui ni des
gains énormes que lui valaient ses échanges,
et se donna pour un jardinier, un fripier courant le monde et les foires.

19

Pour eux, sans chercher midi à quatorze
heures [2], ou quelque chose d'approchant,

---

(1) Naïfs, ignorants et honnêtes. Lalli fait ici une critique
bien douce de l'âpreté au gain des premiers conquérants du
Nouveau Monde.

(2) Le texte porte... *non andar cercando Maria per Ra-
venna......* c'est-à-dire : sans chercher la Sainte Vierge dans

ils ne lui parlèrent que du Saint-Bois qu'ils voulaient acquérir, l'estimant au poids de l'or ou davantage. Ils crièrent au miracle en voyant que cet homme pouvait les tirer de peine et le prièrent avec instances, de leur dire où se trouvait ce bois merveilleux.

20

Le marchand les conduisit à quatre milles de là, un peu plus ou un peu moins, dans une forêt merveilleusement épouvantable, qui semblait être justement le bois du Bacchanal. « C'est ici, leur dit-il, qu'on prend ce « bois si précieux, qui guérit les gens. Cou- « pez-en, je vous le permets. » Et, prenant congé d'eux, il partit.

21

Alors ces guerriers fameux, transformés en bûcherons, frappèrent comme des sourds[1], des coups terribles de leurs grandes cognées, apportées tout exprès. Aussitôt ils entendi-

les rues de Ravenne, autrement dit : perdre son temps, car puisqu'elle est dans les églises, elle ne court pas la ville, et par conséquent on est bien certain de ne jamais l'y rencontrer. Notre locution française correspond, au proverbe italien.

[1] *Colpi da ciecchi*. Coups d'aveugles. En Italien, on frappe comme un aveugle, en français on tape comme un sourd.

rent des hurlements furieux, des aboiements
d'une foule de loups-cerviers et de chiens ;
puis, une voix non moins effroyable fit retentir les environs.

22

« Qui trouble mon repos, qui me fait ou-
« trage ? C'est ici le palais du Cocyte. Va-
« t'en sur l'heure, vilaine canaille ; retourne
« à ton auberge, Italien banqueroutier ». A
ce bruit, à cette voix effrayante, leur vue se
trouble, chacun reste étourdi, comme un
homme qui croit aller à la fête et reçoit sur
la tête un coup de massue.

23

Mais le capitaine, honteux de céder et de
reculer au premier choc, reprend un peu son
souffle, puis se remet à frapper à tort et à
travers. Tout à coup un grand feu l'entoure
et, s'il eût été de cire, il était perdu. Néan-
moins, le feu lui rasa toute la barbe mieux
qu'un barbier et sans qu'il eût rien à payer.

24

Le feu ne lui fit pas d'autre mal et disparut comme un éclair, mais si le jeu avait duré
un peu plus, il en aurait perdu la tête. La
flamme éteinte, le lieu se remplit d'une obs-

curité profonde et tous, tremblants, épouvan-
tés, ils tombèrent endormis comme des loirs.

25

Junon, toujours furieuse et ne voulant pas
laisser emporter le Saint-Bois, les entourait
de ces prodiges pour faire avorter leur des-
sein. Elle avait aussi fait prédire par un oracle, aux habitants, que l'enlèvement du bois
par ces étrangers causerait la ruine du
royaume.

26

Qu'ils devaient donc veiller jour et nuit,
se bien garder, et que, s'ils rencontraient des
hommes barbus [1] errants dans le pays, ils devaient pour éviter un pareil malheur et con-
server leur liberté, s'emparer de ces hommes,
les charger de chaînes et les jeter à la mer.

27

Leur grand Cacique, (c'est ainsi qu'ils appellent le roi de ces contrées) souverain d'un
peuple nombreux, et enflammé de colère par
cet oracle terrible, gardait le pays avec une
armée. Dès qu'il sut par un espion où et comment gisaient nos guerriers, il accourut avec

[1] Les Caraïbes n'avaient pas ou presque pas de barbe.

une troupe de ses gens et s'empara de tous les dormeurs.

28

Figurez-vous les pauvres chevaliers à leur réveil, au milieu de ces accidents étranges, ne sachant que faire, gémissant comme des levrauts sous la dent des chiens. Les perfides Indiens n'ayant ni peu ni prou de pitié, les menèrent au rivage et se préparèrent à les jeter dans les flots.

29

Ils se désolaient d'avoir à mourir liés comme des veaux, de mourir comme des poltrons, eux si braves, si habitués aux combats. « Où « sont, disaient-ils, nos terribles couleuvri- « nes ? Pourquoi n'avons-nous pas le droit de « donner seulement quatre coups de hache ? »

30

Ils maudissaient le Mal français et Gonsalve et le Saint-Bois et la méchanceté de Vénus qui les avait envoyés dans ce pays où l'on ne trouvait que fureur et cruauté. Mais, Vénus, intéressée à leur entreprise, les plaint et sourit en même temps ; puis, adroite et prudente, elle se prépare à les tirer du danger.

31

Déjà, tremblants et les yeux égarés, se plaignant sans cesse et coassant comme des grenouilles, ils allaient être jetés à la mer, quand, avant qu'un seul d'entre eux y fût précipité par la main cruelle de leurs ennemis, on voit tout à coup arriver, en fendant l'air, un grand vol de beaux cygnes.

32

C'était ceux que Vénus la belle attelle à son char. Elle les envoyait et, chose merveilleuse, elle leur avait donné la parole comme à autant de Démosthènes et d'Apollons. La gent impie et rebelle fut saisie de crainte comme des poussins à la vue du milan. Alors un des cygnes exposa ainsi, de son bec harmonieux, le sujet de leur ambassade.

33

« Quelle pensée téméraire vous est venue,
« de faire périr ces nobles guerriers descen-
« dus, pour vous faire honneur, des cercles
« lumineux les plus hauts du ciel ? Ils méri-
« tent qu'on les adore, car ils sont proches
« parents de nos Dieux, et si vous leur arra-
« chez seulement un poil, je vous en préviens
« sur ma foi, le courroux du ciel éclatera sur
« vous.

34

« Avant deux jours, sa juste colère sévira
« sur votre immense royaume qui sera dé-
« truit de fond en comble, et votre cœur sera
« rempli de deuil. Si vous ne me croyez pas,
« voilà le signe qui vous fera connaître tout
« ce que je vous annonce, vous fera voir le
« danger qui vous menace et, pour toujours,
« bouleversera votre pays.

35

« Ce signe, le voici : dans moins d'une
« heure vous verrez pâlir et s'éteindre Celle
« à qui le monde entier rend hommage, cette
« blanche Lune qui maintenant brille au ciel.
« La mort de ces hommes la désole ; pour
« la venger, elle obscurcira son beau visage ;
« mais afin de les sauver ainsi que vous, elle
« nous a chargés de vous faire connaître l'a-
« venir.

36

« Ne craignez pas que l'enlèvement du
« Bois détermine les malheurs annoncés par
« l'oracle. Cet oracle a été mal rendu, mal
« compris, et c'est seulement cette erreur
« qui serait funeste. Vous comprendrez bien
« qu'il en est ainsi, quand les signes du ciel
« vous le révèleront, quand ce disque que

« vous vénérez tant, vous le verrez s'enve-
« lopper d'un sombre manteau. »

37

A la vue de ces beaux oiseaux inconnus
dans ce pays, à les entendre parler ainsi, les
Indiens furent stupéfaits. Qu'auraient dit ces
gens s'ils avaient vu des ânes [1] ? Cependant
les rayons brillants de la Lune deviennent
sombres comme le pain des montagnards, et
le bel astre finit par ressembler à une poêle
à cuire les châtaignes.

38

Cela venait d'une cause naturelle ; car on
voit souvent la terre se placer entre le soleil
et la lune, qu'elle prive ainsi de sa lumière.
Mais ces gens ne connaissaient rien à tout
cela. Peu habiles au mal comme au bien et
ne s'occupant que de leur pâture, ils n'avaient
jamais pris garde à pareil incident [2].

[1] Le Nouveau Monde ne possédait pas de solipèdes.

[2] Allusion à l'éclipse de Lune prédite en 1504 par Colomb au Cacique de la Jamaïque, prédiction qui rendit au
grand navigateur le prestige que les cruautés et la révolte
de ses compagnons compromettaient de plus en plus.
Du reste, toute cette partie de la fable de Lalli : Caraïbes
anthropophages, lutte avec les indigènes, etc., reproduit
assez exactement les récits de la découverte des Antilles.

39

Aussi en voyant une chose si étrange, ils levèrent au Ciel la tête et le museau, comme l'âne regarde en l'air quand il est dans la fureur amoureuse. Oubliant leurs projets inhumains, ils résolurent de délier les guerriers, pour apaiser celle qui, par compassion, par pitié pour eux, s'était tout habillée de coton (1).

40

Aussitôt dit, aussitôt fait, ils délivrent les prisonniers à demi-morts et, de victimes qu'ils étaient, ceux-ci deviennent alors pour les Indiens des poissons étrangers. Vénus rit en voyant le succès de sa ruse et les cygnes altiers s'envolent joyeusement. Mais, du haut du Ciel : qui branle la tête et s'arrache les cheveux ? C'est Junon !

41

Non contents d'avoir déliés les prisonniers, ces gens les adorèrent comme les Dieux du Ciel, leur demandant pardon, avec d'humbles gestes, de les avoir traités si mal. Les nôtres retournèrent donc bien vite au bois, accompagnés des sauvages et non pas seulement accompagnés mais humblement servis par eux, comme des êtres divins.

(1) Avait revêtu le plumage des cygnes.

42

Les grands arbres tombent et l'on peut admirer à l'intérieur, des veines, des zones tantôt onduleuses, tantôt circulaires. Les veines de ce bois sont généralement teintées de noir, son écorce, verte au dehors, est dorée en dedans. Quant au bois lui-même, dur comme du marbre, il résiste au fer.

43

Enfin, mis en morceaux, il est porté au rivage, par les Indiens empressés qui, délivrés de toute crainte, accourent en foule pour servir nos gens. C'est ainsi que la troupe valeureuse mena cette grande affaire à bien, en peu de jours, et remplit de ce bois un grand vaisseau et quatre caravelles.

44

Les Indiens s'étonnaient qu'ils voulussent emporter tant de bois au delà des nues et de l'hémisphère. Ils pensaient : ou que les dieux d'Homère étaient anéantis par le Mal français, ou que Vulcain, dans un but quelconque, voulait faire du charbon, ou qu'enfin ces êtres descendus parmi eux sous une forme nouvelle étaient les cuisiniers et les marmitons de Jupiter.

45

Quoi qu'il en soit, à partir de ce jour, ils ne les regardèrent plus comme de race terrestre, et cependant les nôtres, pensez-en ce que vous voudrez, avaient la plus grande hâte de leur tourner les talons. Ils mouraient d'envie de revenir chez eux, de respirer l'air pur de l'Italie, préférant s'éloigner de gens qui pouvaient revenir tout à coup leur donner du pied au derrière.

46

Aussi quand les Indiens leur eurent dit : « Bonjour », ils furent tentés de leur répondre : « Mauvaise nuit ! » [1]. Enfin ils préparèrent leur retour en Italie et détachèrent leurs vaisseaux du rivage. Cependant, les autres prosternés devant eux regardaient s'ils allaient s'enlever dans la haute sphère, tandis que vainqueurs et pleins de joie, ceux-là sillonnaient simplement l'onde écumante.

47

Junon, plus furieuse que jamais, voulait assouvir sur eux sa colère, changer leurs rires en larmes, bref, les mettre entre quatre planches. Déployant le noir manteau des

(1) Au Diable !

nuées, elle mit sens dessus dessous le royaume des tempêtes, faisant des vastes champs de la mer, tantôt de sombres vallées, tantôt d'énormes montagnes.

48

Elle n'était pas seule à être vexée, tous les vents avaient de l'humeur en ce même instant, plus que des enragés soupirant d'amour. Le tonnerre, les sifflements, étaient leurs plaintes, leurs gémissements, et Borée, l'ambassadeur des frimas, faisait claquer les dents de nos bons guerriers, qui se disaient entre eux : « si la mer nous avale, le bois nous « servira à faire rôtir les baleines et griller les « truites. »

49

Aquilon fait une musique du Diable sur le navire, avec ses redoublements affreux ; Eurus joue, à son tour, son effroyable partie de trombone, Zéphyr, Zéphyr même, est du complot ; il soutient Junon et, devenu méchant, tout à fait hors de son style, il fait le bravache et renie Avril.

50

La vieille femme ridée de Neptune paraissait être grosse de nouveaux dieux marins.

On la croyait dans les douleurs d'un nouvel accouchement, tant elle faisait de tapage. On sut enfin qu'à l'endroit du corps où elle serrait ses jupes, vers les reins, elle avait un clou et que le soupçon et la jalousie avaient seuls été cause de tant de fureurs [1].

51

Les guerriers étaient calmes et prêts à tout ; la mer était démontée ; les petits poissons éperdus ne savaient que devenir dans ce désordre, et les gros, plus irrités que jamais, les attendaient au passage pour les avaler. Le cœur battait pourtant à ces braves et ils se disaient : « Arrive que pourra ! le grabuge « fait notre affaire. »

52

Mais Vénus la belle, qui n'était qu'à vingt minutes du Soleil, le prie de lui venir en aide, et joint à ses prières, à ses promesses amoureuses, ses coquetteries et ses minauderies habituelles. Celui-ci, de son fouet d'or, frappe ses coursiers pour satisfaire à son désir et met en miettes le noir manteau de Junon qui enrage de plus belle.

(1) Superstition qui consiste à regarder un petit bouton, un furoncle, comme la preuve d'une infidélité qu'on vous fait.

53

· En un instant, le Dieu de la lumière apaise les vents et les tempêtes. Le jour reparaît et l'Apelle immortel peint le ciel de ses rayons. Tout rentre dans l'ordre, la noble troupe se dirige vers l'Europe en sauvant sa peau et, d'un si long voyage, revient pimpante à Naples.

CHANT SIXIÈME

ARGUMENT

*On paye au poids de l'or le Saint-Bois pour
recouvrer la santé. En échange, on envoie
de riches présents et mon caquetage prend
fin.*

I

 éjà le Soleil avait été trois fois
pêcher les Ecrevisses, trois fois
il avait été à la chasse aux
Lions (1), quand les guerriers,
brisés de fatigue, revinrent aux tentes de
Gonsalve. Il envoya au devant d'eux trente
bouteilles de vin rouge et blanc, des tourtes,
du macaroni et, pour le vendredi, un grand
panier de trognons de choux.

2

Ils ne pouvaient suffire aux poignées de
mains, aux bonjours ; on les appelait : Dons,
Excellences, Altesses, Sérénissimes ; chacun
voulait du Saint-Bois et, du bout du monde,

(1) Ce qui signifie que trois mois de juin (l'Ecrevisse),
trois mois de juillet (Le Lion), par conséquent trois années.
s'étaient passées.

la foule accourait à l'envi. Aussi le vendaient-
ils un prix énorme, comme le grain qu'un
avare tient sous clé.

3

Un habile homme, pour s'en procurer, envoya un certain messire Donato [1]. Donato,
personnage fort séduisant, pour qui la porte
n'est jamais fermée. Il est fils de l'Amour,
bien qu'avorton, mais il est frère jumeau de
l'ignoble Intérêt, à qui l'on ne refuse rien
pourvu qu'il puisse vous jeter aux yeux quelques grains d'une certaine poudre.

4

Il est vrai qu'on ne le trouve guère dans la
maison d'un honnête homme ; il y ferait triste
figure. Les gens qu'il rencontre, il les flaire
aussitôt, pour voir s'ils peuvent lui donner
prise. Aujourd'hui, cette vilaine espèce est
répandue partout et se glisse quelquefois
jusque sous le lit. On ne peut, sans qu'il y
fourre son nez [2], obtenir une grâce, ou faire
expédier un brevet.

[1] Personnage fictif représentant le Cadeau, le Présent,
la Gratification, la *Bonne-main*. Suite de l'Amour, mais
suite mauvaise (avorton), car il lui enlève sa pureté. Il va
de pair avec l'*intérêt* qui nous aveugle, en faisant miroiter
l'argent au bout de tous nos actes.

[2] L'italien dit : *S'ei non vi ficca i denti*, sans qu'il y
mette les dents.

5

Il ne voulut pas aller seul, mais s'adjoignit pour compagnon un certain messire Simon [1], qui, sous un extérieur vénérable et pieux, a un ventre de loup et une griffe de lion. Jamais, on ne vit harpie plus vorace ; il avalerait le monde d'une bouchée ; que dis-je, le monde! Ce n'est rien pour lui de dévorer non seulement la terre, mais le ciel.

6

Les grandes villes, les provinces, pour montrer leur gratitude et leur politesse à Gonsalve, ainsi qu'aux chevaliers à qui l'on devait un remède si précieux, offrirent toutes de riches et nombreux présents ; c'est ainsi, qu'on se fait bien venir. J'en citerai quelques-unes, comme cela, au hasard. Si je n'y mets pas d'ordre, ne me faites pas la moue.

7

Rome, suivant l'usage de cette cour, envoya les plus jolies, les plus belles carottes, confites et sucrées de tant de manières qu'elles ne paraissaient pas être ce qu'elles étaient. Même, quand on était averti, on ne pouvait les reconnaître en les mangeant ; mais elles

(1) Nom générique du trafiquant, de l'usurier.

faisaient enfler les gens qui, devenus lents, infirmes, avaient l'air d'une vessie gonflée de vent [1].

8

Ce fut une chose lamentable que cet acte de lésinerie profonde chez un peuple si grand, si fameux, devant qui le monde s'incline avec respect et qui, souffrant de ce Mal immonde, avait besoin d'un bon morceau de Saint-Bois ; car, à compter sur les doigts, il y avait parmi eux plus de Français que de Romains [2].

9

La Sicile envoya, par mer, de toutes ses provinces, tant de draps et de soieries qu'elle donna l'idée, même aux portefaix de s'en draper de la tête aux pieds. Il vint de Calabre certains vins, dits clairets, vraies gouttes d'or qui, lorsqu'on les buvait, faisaient serrer les lèvres et ouvrir de grands yeux.

10

Trois mille peaux de renards, fines et magnifiques, arrivèrent d'Espagne, d'Espagne,

(1) Critique des faveurs de la Cour Romaine, qui, en promettant beaucoup ne donnaient rien, si ce n'est d'inutiles satisfactions d'amour-propre. Ne disons-nous pas encore ? *pratiquer la carotte, tirer une carotte.*

(2) *Francesi* veut bien dire Français, mais ici, il a un double sens, et il veut surtout dire vérolés, *Affranciosati.* (Voir argument du Chant II.)

école d'astuce étrangère, de prudence et de belles manières, qui possède aussi quantité de belles fourrures, marchandise précieuse et chère, qui, lorsqu'un homme en porte un pourpoint et un manteau lui donne l'air d'un roi, fût-il un gredin (1).

11

Les magistrats de Pouzzoles invitèrent les treize guerriers à visiter leurs Bains. Ceux-ci répondirent qu'ils n'avaient besoin pour leur lessive, ni d'eau froide, ni d'eau chaude ; qu'ils regardaient comme perdu, le temps employé à la curiosité plutôt qu'à gagner de l'argent, et que, si on voulait du Saint-Bois, il fallait offrir un peu moins de fumée et plus de rôti.

12

Tarente leur envoya trois mille dorades (2), mais elles ne plurent pas à ces messieurs. Elles s'étaient un peu gâtées pendant le voyage, et puis, ils voulaient de l'or plutôt que des dorades. — Bari leur offrit des raisins secs, bien sucrés, on avait choisi les meilleurs ;

(1) L'Italie et l'Espagne, qui combattaient ensemble, ne s'aimaient pas, aussi Lalli n'est-il pas tendre pour ses alliés.

(2) La dorade représentait Tarente sur la monnaie Grecque.

mais un don si mesquin d'une ville si riche fut refusé avec un bon « Va te faire pendre » (1).

13

Bitonto envoya beaucoup de coton, fort bon à faire des matelas, mais qui pour le courtisan délicat ne feraient que de vilaines paillasses. — Trani, sur le bord de la mer, redoutant les assauts et la fureur insensée du Thrace (2), élevait des murs de forteresses et ne pensait qu'à se mettre en sûreté.

14

Aversa, d'un œil larmoyant, s'excusa du peu de ressources que lui avait laissées Charles premier (3). — Avellino voulait fournir sa part en noisettes (4), mais cela parut un cadeau d'enfant. — Gaëte envoya trente barques d'oignons. — Capoue, ses fruits si doux, si délicats, qui firent d'Annibal, ce fier lion, une moitié d'homme, presqu'un castrat. (5)

(1) *Vatti impicca*. En italien on dit : va te pendre.

(2) Le *Trace* est ici une cheville pour le « Turc » qui ravagea si souvent les rivages italiens jusqu'à la bataille de Lépante.

(3) *Charles d'Anjou*, mais il y avait si longtemps de cela que l'excuse est un ridicule donné par le poëte.

(4) Réputée pour ses noisettes, cette ville a donné son nom à l'espèce la plus estimée : l'Aveline.

(5) Ces fruits, si doux, si délicats sont les jolies filles de Capoue, qui épuisèrent les troupes du grand Carthaginois

15

Sorrente envoya des veaux en quantité.
— Castellamare, des thons encore vivants
et cent tonneaux, mais pleins de vent (1), ce
qui désespéra Gonsalve. — Amalfi n'ayant ni
or, ni argent, offrit des oranges et des cé-
drats excellents, mais elle ne donna pas de
sucre pour les confire et son présent ne parut
pas valoir un liard.

16

Salerne, pour se guérir et se préserver, envoya son *Ecole*, mais à peine les ambassa-
deurs eurent-ils paru qu'on leur dit : « Mes
« enfants, c'est prendre une peine inutile,
« vos remèdes sont froids et insuffisants con-
« tre ce Mal, qui est un fils de putain, mais
« vous avez à la main une veine (2) bien pe-
« tite et bien étroite, d'où résulte pour vous
« un grand mal d'estomac. (3). »

17

Ceux-ci, qui savaient le latin, s'en furent d'un

(1) C'est-à-dire vides.

(2) *Poca vena*, jeu de mot, car cela signifie aussi bien
une petite veine que *peu de talent* et que *peu d'argent*.

(3) L'auteur se moque de l'Ecole de Salerne qui n'offrait
rien en échange des remèdes qu'elle voulait posséder et connaître et, qu'à son tour, on sert avec sa monnaie en lui ren-
voyant, transformé, un de ses aphorismes, celui qui commence le Chapitre XIII de l'édition de René Moreau, Paris,
1672, in-8° : *Ex magna cœna stomacho fit maxima pœna.*

pas de colimaçons [1] et, revenus chez eux, la tête basse, ils dirent : « Au diable ce Saint-« Bois ! On nous a donné pour haut-de-« chausses que Dante [2] est pour tout le « monde un homme divin et que l'or est la « thériaque de tous les maux ; bref, que, « faute de cela, notre Ecole n'est qu'une « pédanterie ».

18

Les gens de la Basilicate envoyèrent les animaux les plus gras de leur sale troupeau [3]. On en comptait quinze cents, tant gros que petits ; de plus une grande quantité de viande salée ou fumée, enfin une trentaine de pièces à la gelée.

19

L'Abruzze envoya beaucoup de safran, qui parut l'un des meilleurs présents. Toutefois,

(1) Je traduis ainsi *Scala* di *Lumaca*, parce ce que, ici ce mot a le sens du latin *gradus*, *gradus testudineus* (V. Dict. de Tommaseo et de Quicherat) ; du reste, la figure donne une juste idée de l'esprit retardataire de cette ancienne Ecole.

(2) *Havemo havuto queste brache*. Mot à mot, *nous avons eu pour haut-de-chausses*, locution ressemblant à celle qu'on emploie de nos jours, en style peu relevé ; *on nous a, on vous a joliment habillés : nous avons remporté une jolie veste*. Quant au mot *Dante*, Lalli en tire un jeu de mot facile, quoiqu'intraduisible en français, en confondant le nom du grand poète avec *dante* participe présent du verbe *dare*, celui qui donne, ce dernier étant également un homme divin, car l'or guérit tout.

(3) Pays fameux par ses troupeaux de porcs.

Gonsalve trouvait étrange de voir tant de gens arriver sans le *panunto* [1]. Ils y suppléèrent avec ce grand animal au pas lent, qui porte aussi des charges et dont le grand père ne figurait pas dans l'arche de Noé [2].

20

Mais Bénévent, qui avait affreusement souffert du passage de Charles et des Français, et que désolait ce nouveau Mal, envoya trois cents sacs de noix et donna, en faisant bien ses conditions, trois loups féroces, enchaînés, qui avaient enlevé les troupeaux de Naples et dont les tanières étaient dans son pays [3].

21

La Pouille fit de riches présents, mais ne voulut pas offrir de bêtes, sachant que le plus petit pays regorge d'imbéciles [4]. Elle

(1) *Panunto*, expression populaire qui signifie un repas portatif fait avec un pain fendu en deux et dans lequel on fait rissoler des tranches de porc ou des saucisses. Ce mets étant vulgaire, Gonsalve se moque des gens qui lui apportent des présents et n'ont pas même avec eux de quoi manger.

(2) C'est le bœuf, car il n'y avait dans l'arche que des animaux reproducteurs.

(3) Il y a là une moquerie sevère contre le Bénévent, car il entretenait dans ses cavernes des loups ou des *bandits* qui allaient se nourrir chez ses voisins de Naples, et ne les leur livrait que contre argent ou marchandise.

(4) Jeu de mot entre *Castroni*, moutons, sots, et *urtamartini*, béliers, lourdauds.

s'obligea toutefois à entretenir à ses frais cent escadrons de mouches [1], pourvu que les juges et les commissaires cessassent de l'écorcher vive dès leur arrivée.

22

Brindisi, tout occupée à porter des santés [2], ne leur envoya pas autre chose. Elle s'entretenait alors avec les Allemands, à grand renfort de jambons et de bouteilles, n'ayant pas grand besoin des autres, car la France ne lui fit jamais de mal, peu ni prou, la France qui, toujours généreuse, n'a dans l'esprit, à la bouche et dans le cœur que : « *Brindes*' ! *Brindes*' ! [3]. »

23

Ascoli donna des olives grosses comme des œufs de poule, des coings, des pêches blanches et rouges dont la douzaine pesait

[1] Condition impossible à remplir, comme celle qui doit y répondre, c'est-à-dire des juges et des commissaires impartiaux.

[2] Calembourg sur *Brindisi* la ville, et *Brindisi* ou *Brindesi* porter un toast.

[3] *Brinde*, vieux mot français employé par Rabelais et qui signifiait comme l'italien d'où il était tiré : *Coup bu à la santé de quelqu'un*. Il n'en reste plus comme souvenir que le mot d'argot *Brindezingues*. Il est ici pour : *A votre santé ! à votre santé !* Mais en même temps c'est une petite moquerie du Français qui croyant bien parler italien ne prononçait pas la dernière voyelle.

cinquante livres. — Fermo ne pouvait pas résister *ferme* à l'exemple, car le mal s'étendait de la cuisine au toit, et, tout en criant : « A nous, vite, nous sommes morts », la ville envoya des fruits de toute espèce.

24

Macerata s'unit à Recanati pour l'envoi de cinq cents dindons qui avaient, eux aussi, la tête et le cou pelés, et dont les plumes tombaient également par centaines [1]. — Ancône avait mis ses gardes en prison et même à la torture, parce qu'à l'arrivée du Mal, ils n'avaient pas crié du haut des tours : « Aux armes ! aux armes ! »

25

Mais leur avocat, homme habile, disait : « Dame Ancône, c'est toi qui as tort ; car le « Mal n'est certainement pas venu par mer « et ces gens ont bien gardé le port. Je crois « plutôt que c'est une *pluie tombée pendant* « *la nuit et qu'on n'a pas remarquée.* » Les gardes furent mis en liberté, puis la ville envoya bien vite ses présents.

26

Fano avait des testons qui ne valaient pas

[1] Critique du cadeau, puisque ces volatiles présentaient des accidents analogues à ceux que produit la vérole.

trente sous la pièce ; on les fondit et l'on en fit des flacons, des tasses grandes et petites, présent qui valait mieux que des trognons de choux. — Iési fit sonner le tocsin, quand elle eut du Mal jusqu'aux yeux, puis envoya beaucoup de grains que les citadins allèrent prendre la nuit sur la frontière [1].

27

La noble cité de Camerino, exposée qu'elle était à tous vents, souffrait jusqu'à la moelle des os des atteintes les plus pénétrantes de ce Mal. Elle voulait envoyer une buire et un bassin, l'argent était fondu, mais tout le monde grogna de cette dépense et on finit par envoyer la chose en terre cuite.

28

Matelica s'était mis en tête de changer son drôle de nom [2]. Mais on disait : « Quel au« tre vaudra mieux ? Qu'y a-t-il de plus « agréable que d'être fou ? Il arrive ici tous « les jours des gens du dehors, vêtus d'é-« toupe ou d'écarlate, donc notre nom est « bel et bon et nous avons plus de monde que « trois mille Romes. »

(1) Allusion aux habitudes pillardes de ces petites villes
(2) Jeu de mots sur *Matelica*, la ville et *Matto*, fou.

29

Elle envoya de sa draperie la plus belle, dont s'habille l'univers. — Fabriano fit porter de sa serge fine dans laquelle on peut se mirer. — Le présent de San Severino ne différa pas beaucoup, c'était du drap en telle quantité qu'il fournit à nos guerriers non seulement des manteaux, mais des housses pour leurs chevaux.

30

On dit que d'autres gens voulaient offrir un âne, le plus gros et le plus sot, mais il pensèrent que ce cadeau ne plairait pas, car le monde entier est asinifié ; presque chaque maison en a une paire, de douce qu'elle était, devenue furibonde, et les grands seigneurs les chargent d'or à qui mieux mieux dans leur palais.

31

Le fait est qu'ils envoyèrent trois cents sacs de grain bien vanné ; c'était mieux. Ils y ajoutèrent cinquante braques pour la caille et le lièvre, chiens de plaine et chiens de montagne. — Les paysans du territoire de Norcia, dont la bourse est vide, se préparaient à donner leurs fers, dont ils font aux dépens d'autrui et sans douleur pour l'opérateur, un préservatif du Mal français [1].

32

Mais la ville de Norcia qui ne s'occupe pas de ce métier, qui l'a même en dégoût, envoya un beau tableau avec le portrait de son Sertorius, qui semblait vivant, de cet homme qui fit trembler et fuir le peuple Romain, qui enleva le nom de Grand à Pompée en l'écrasant sous son talon [2].

33

Plusieurs fois, il fit capot Métellus, qui ne put, contre lui, faire quinze ni marquer une chasse [3], et qui lui dit même : « Oh là ! toi, « qui veux te battre avec moi, fais-toi rendre

(1) Ces fers, dont il est ici question, étaient des instruments de chirurgie. Le pays était probablement renommé pour ses châtreurs et cette opération, privant des plaisirs de l'amour, mettait ainsi à l'abri du Mal Français.

(2) Pompée, que le Sénat Romain avait envoyé au secours de Metellus, fut battu à Laurona et à Sucro. Ces deux défaites, les deux premières qu'eut éprouvées le Grand Pompée, n'auraient peut-être pas été les dernières, si l'assassinat de Sertorius ne l'eût débarrassé de son redoutable adversaire. — La ville de Norcia pouvait être fière d'avoir donné le jour à un grand Capitaine, mais elle aurait dû couvrir d'un crêpe son portrait, car ce grand Capitaine avait, par ambition personnelle, mis la République Romaine à deux doigts de sa perte. Les Vénitiens firent mieux et laissèrent vide le cadre de Marino Faliero.

(3) Termes du jeu de paume.

« la fouasse par le boulanger ». — Tu es borgne d'un œil », répondit Sertorius, « Et toi, manchot des deux bras », répliqua Metellus qui, voulant venger son injure, tomba tout de son long [1]. Lisez cela dans Plutarque.

34

Pour la pelade [2] toujours croissante que ses habitants lui avaient donnée avec leurs discordes, Norcia envoya de plus une grande quantité de truffes [3] et de beaux draps. — Foligno apporta de la coriandre, du sucre et de la cannelle qui valaient un argent fou, mais elle les avaient eus à bon marché en les achetant d'avance à sa riche foire.

35

Elle envoya aussi des bandes, assez pour panser un an et plus ces gens qui, atteints du Mal français, couvrent leurs plaies et les cachent à tout le monde ; mais il faut bien les laisser voir, avec plus de honte, quand

(1) Metellus mourut neuf ans après Sertorius, mais, comme Lalli est du pays du grand révolté, il essaye de donner le beau rôle à son compatriote. Il y a là de plus un jeu de mot sur *lungo* qui veut dire *long* et *lent* et fait allusion à la temporisation du général Romain.

(2) Plaisanterie sur la Pelade (alopécie) causée par la syphilis et celle qui peut résulter des disputes dans lesquelles les habitants se prenaient aux cheveux.

(3) Les truffes de Norcia sont encore très renommées.

elles sont devenues incurables et que, bon
gré, mal gré, l'odeur en arrive au nez à cent
milles de distance.

36

Il vint aussi de Foligno plus de dix mille
rames du papier le plus fin qui existe, pour
écrire des recettes et des formules nouvelles,
destinées à guérir ce Mal de l'étalon [1], ou
pour tracer, en prose ou en vers, quelques
pensées bien profondes sur les amours et les
faits d'armes des guerriers français.

37

Ce fut toi, François Cirocco [2], qui te
chargeas de rédiger l'instruction des envoyés,
toi dont les lecteurs assurent que la douceur de tes écrits leur ravit le cœur, et l'on
me donne pour certain que, parmi d'autres
passages remarquables, se trouvait celui-ci :
« Seigneur, si nous ne sommes pas secou-
« rus bien vite, les Folignotes vont tomber
« comme poires mûres » [3].

(1) Par opposition au castrat qui, ne s'exposant à aucune
contagion, ne peut rien transmettre.

(2) F. Cirocco, jurisconsulte, homme politique, ami in-
time de l'auteur. Lalli lui a dédié plusieurs poésies.

(3) En Français nous dirions : *tomber comme des mouches.*

K

38

Gualdo, la jolie ville que mon Seigneur Félicien comble de félicités, n'envoya rien, car le Mal étranger sévit peu ou point sous ce beau climat, dans cet air salubre, et tout assaut français est repoussé par le savant Castor Durante (1), qui connaît toutes les plantes et réunit tous les remèdes dans ce jardin fleuri que chacun admire.

39

La gent féroce de Pérouse, accoutumée à la guerre, ne daigna pas faire un envoi, et maintenant que le Mal est devenu plus grave, elle souffre et regrette son erreur. — Spolète et sa vallée se hâtèrent de faire un grand présent d'huile en échange d'onguents et, le jour de Saint-Martin (2), Orvieto envoya trois mille bouteilles de son excellent vin.

40

Pour ne pas faire une trop grande dépense,

(1) Durante (Castore), fils d'un jurisconsulte, naquit à Gualdo (Ombrie). Il cultiva la poésie latine et la médecine qu'il enseigna à Rome dans le collège de la Sapience. Linné changea en *Duranta* le nom de la plante *Castoria* que lui avait dédiée Plumier. Il mourut à Viterbe, vers 1590.

(2) C'est le jour de la Saint-Martin qu'on soutire pour la première fois, après les vendanges, le vin nouveau. On mange alors force marrons pour mieux boire.

Viterbe et les basses Maremmes offrirent autant de lin et d'étoupe qu'il en fallait pour les tentes. — Corneto envoya dans un bassin deux tortues seulement, mais bien grasses ; nourriture excellente pour un homme qui dépérit lentement, rongé par la jalousie.

41

Canepina et Valerano envoyèrent des chataignes, des pommes et des poires délicates ; — Caprarola un vin rouge, de l'été, mettant le cœur en joie et bon pour la santé ; — Civita Castellana, des oies grasses ; — Nepi et Vignanello, des faisans ; — enfin Ronciglione, de la poudre et six sabres de ses forges où Vulcain travaille.

42

Velletri, quoiqu'elle eût donné au monde Octave Auguste et qu'elle eût du vin pour faire la trempette (1), fut obligée de faire le voyage comme les autres, tant est grand le Mal qui la ronge ; — de même, Sermoneta et le lac vaste et profond, appelé Marais Pontin, auquel se mélangent les eaux de la mer ; — de même Sezza et Piperno, patrie de Ca-

(1) La soupe au vin : comme ce mets recherché n'est permis qu'aux gens aisés, cette locution correspond à la nôtre : *avoir du foin dans ses bottes.*

mille (1) la vaillante qui finit par être embrochée comme une anguille.

43

Albe ne manqua pas d'envoyer deux cents tonneaux de son vin doux et pétillant (2). — Palestrino, qui a de si beaux arqueducs, Ferentino, Frosinone, offrirent des cailles. — Valmontone, où se trouve le plus grand glouton de raisin (3), en envoya un beau panier, ainsi que Segni, dont le vin fait l'effet d'un bon clystère sur les étrangers (4).

44

Anagni vint ensuite, à qui Cérès et Bacchus donnent à pleines mains leurs trésors. Elle offrait l'orge pour les mules, le blé pour les biscuits et ses vins les meilleurs. Cela malgré les cris, les plaintes et la fureur du fameux Campo di fiori, de Rome ; je dis fameux, et pourtant ce marché romain serait vide sans celui d'Anagni.

(1) Camille, fille de Metabus. Elle combattit Enée et fut tuée par Aruns. Metabus était roi de Prevernum, nom ancien de Piperno qui possède encore des vestiges de la ville Etrusque.

(2) *Alban dolce* (Vitis vinifera), variété de vin blanc répandue dans toute l'Italie.

(3) Allusion à un fait local que je n'ai pu éclaircir.

(4) Ceux qui n'y sont pas habitués.

45

En réalité, le Campo di fiori, la place Navone et Rome entière furent affamés tout un lustre. Léonard Bilingue (1) conseilla de conduire à Naples ces victuailles. Pâle et la face décharnée, cet homme était devenu vraiment Français (2), il en parla à ses compagnons réunis au grand cirque d'Anagni.

46

Mais un jour, à Rome, il fut assailli et fort maltraité, avec des cris et d'affreuses menaces, par une foule désespérée. Certains misérables, qui sentaient claquer leurs dents, voulaient lui faire quelque chose de pire, s'il ne s'était pas bien vite dérobé à une grêle de pierres et caché dans une cour.

47

Il revint pourtant exhorter ses concitoyens à faire leurs dons particuliers. Horace et Gaëtan refusèrent ; celui-ci figurait au premier rang de la noblesse. « Non, non, disait- « il, nous sommes à moitié morts, nous « sommes désespérés ; j'ai à nourrir mon

(1) Personnage. probablement imaginaire, Léonard à double langue, le trompeur.

(2) Vérolé, et en même temps partisan des Français ce qui explique la fureur de ces concitoyens.

« frère, outre mon gamin, et cela ne me laisse
« pas un sou dans ma bourse ».

48

Toutefois ce noble seigneur lui parla d'un
jardin qu'il possédait en Asie et, n'ayant pas
autre chose, il lui en céda aussitôt le fruit pendant, qui consistait en feuilles et en fleurs.
Il n'y vient que le sorbier dont le fruit agace
les dents, le fumier ne peut améliorer le terrain et, quelque peine qu'on s'y donne, il ne
produit que de la bardane et des orties (1).

49

La ville de Tivoli, gardant son titre de superbe, dédaigna d'envoyer personne. « Trois
« cents Romes, disait-elle, avec Gonsalve
« et son bois précieux, tout cela, pour moi,
« vaut une figue ». — Tagliacozzo refusa de
même, en disant : « Je voudrais bien savoir
« qui peut me nuire ? qui peut me faire la
« guerre ? N'ai-je pas la haute protection de
« Colonna ! » (2). Les villages d'alentour en
dirent autant.

50

Seuls, quelques pêcheurs de Celano, qui

(1) Moquerie sans cesse renouvelée sur la fausse générosité Romaine.
(2) *Prosper Colonna*, mort en 1523, vainqueur de Lau-
trec à la bataille de la Bicoque en 1522.

avaient pris de grosses et belles tanches, s'en
allèrent en boitant vers Gonsalve, mais pendant la route la douleur leur faisait voir
trente-six chandelles (1). — Cesi, Amelia,
Magliano, envoyèrent huit paniers de figues
sèches ; — Terni, de l'huile ; — Narni, une
salade qui avait couvert la tête de son Gat-
tamelata (2).

51

Le nombril de l'Italie (3) s'empressa également et, ne voulant pas arriver les mains
vides, envoya une petite mule, née d'une mule
et qui était couleur de carotte (4). — Leones-
sa donna un tombereau de neige, et certes
elle ne pouvait donner plus. Gonsalve, pour
boire frais, en fit prendre tous les jours à
Montecorno.

52

Montefiascone, avec son bon moscatello,

(1) L'Italien dit : leur faisait voir des étoiles.

(2) Célèbre condottiere, né à Narni, mort en 1443. Il était
depuis dix ans au service de la République de Venise qui,
après l'avoir comblé d'honneurs et de richesses de son vivant, lui fit élever à Padoue un superbe tombeau que sur-
monte la belle statue commandée par le Sénat à Donatello.

(3) La ville de Rieti, à égale distance de l'Adriatique et
de la Méditerranée.

(4) Une mule ne pouvant reproduire, il ne peut y avoir
de mule née d'un animal semblable. Ceci a l'air d'une critique dirigée contre les ecclésiastiques qui, ne pouvant se
marier, ne pouvaient avoir d'enfants et en avaient quand
même. La couleur *carotte* est une allusion très probable et
déjà faite, à la pourpre cardinalice.

grisa l'homme de la balance, ce qui fit, qu'en pesant le bois, il en tomba dans la Marta trois fois autant, et du plus beau ; cela ne fit pas rire. — Bolsena se lança dans un bateau sur son grand lac et prit, en un moment, plus de mille anguilles des glus grasses et des plus démesurées.

53

De celles dont une suffit à régaler dix hommes, eussent-ils une faim de paysan. On les porta à Naples toutes vivantes et, par hasard, une d'elles glissa de la main de Gonsalve, comme il m'arrive toujours de mes plus belles espérances et sans que cela m'étonne. Mon lecteur, s'il se le rappelle, a vu s'évanouir ainsi quelques-unes de mes aventures au plus beau moment.

54

Florence donna de la serge cramoisie, outre le présent qu'envoya la Crusca (1), qui fut de douze sacs de farine passée à l'étamine étrusque. — Sienne et Pise se soumirent au tribut, pour leur plus grand honneur, bien

(1) Nom de la fameuse Académie littéraire, qu'il ne faut pas confondre avec l'Académie Florentine. Son but était d'épurer la langue et d'en faire disparaître les expressions ou les formes défectueuses ; (la Crusca, le son, par rapport à la farine) d'où la nature de son présent, douze sacs de farine bien blutée.

qu'en faisant grise mine, car elles ne croyaient
pas que le Mal français pût sévir dans leur
pays.

55

Lucques eut sa part aussi de ces maux cachés et, jalouse des autres, elle fit acheter
plusieurs paires de lunettes, qui viennent en
aide à la vue naturelle [1]. — Faenza envoya
une grande quantité de plats et de flacons de
sa belle majolique ; — Rimini, par précaution
et à bonne fin, cinquante charges d'huîtres.

56

Pour arriver à guérir cette gale [2] et pré-
venir ses effets mortels, Bologne fit étudier
le nouveau Mal un mois entier par le grand
Mercuriali [3], qui finit par conclure que l'im-

[1] Pour mieux voir le mal de leurs voisins, et peut être
aussi celui qu'ils ne croient pas posséder. Nous trouvons
dans Regnard :
Pour connaître vos gens, mettez mieux vos lunettes.
et, dans le Bourgeois Gentilhomme, Dorante dit :
Prenez, Madame Jourdain, prenez de meilleures lunettes.

[2] *Rogna*, gale, et surtout nom générique, en Italie, à
cette époque, de toutes les maladies de la peau.

[3] Lalli commet ici un anachronisme *voulu*, car Jérome
Mercuriali, en latin Mercurialis, le seul connu et l'un des
grands médecins du XVIe siècle, est né en 1530 à Forli, où il
mourut en 1606. Il ne pouvait donc donner son avis sur
une épidémie qui avait débuté 35 ans avant sa naissance, à
l'époque où le poète place assez véridiquement sa fiction.
Du reste, ces anachronismes, qui se retrouvent ailleurs,
sont permis dans un poème burlesque, où la fantaisie a la
plus large part.

portant était de ne pas changer le cours naturel des choses et qu'avant d'employer les
onguents il fallait purger l'intérieur des veines des mauvaises humeurs qu'elles pouvaient
contenir.

57

Voyant donc que tous les remèdes étaient
inutiles et ne valaient rien, la ville envoya
chercher du Saint-Bois et donna en échange
six mille mortadelles et des saucissons.
—Modène offrit bien vite des masques de toutes grandeurs, de si belle mine et si bien
faits qu'ils semblaient vivants et non de chif-
fons et de papier.

58

Elle aurait encore donné dans le même but
le *Seau* (1), qu'on estimait un trésor, mais le
grand Tassoni, choisi par le destin pour l'immortaliser, l'avait ceint du laurier triomphal
et placé au sommet du Parnasse, à la table
d'Apollon, dans un vase d'or pour qu'il s'y
conservât éternellement et fît l'admiration des
siècles à venir.

59

Parme et Plaisance, toutes deux miroirs

(1) Il faut en dire autant du charmant poète Alexandre
Tassoni, né à Modène en 1565, mort en 1635. Son poème hé-
roï-comique : *La secchia rapita*, est de 1622. Chacun
sait que le sujet en est la guerre que se firent Modène et
Bologne à propos d'un seau de puits.

de courtoisie, envoyèrent sur de grands chars, six cents fromages et cent charges de beurre.
— Tous les ducs et seigneurs de Lombardie, gens d'expérience, se rendirent à Naples. Je ne les cite pas en détail, parce que je suis pressé, le caprice de mon humeur court la poste.

60

Le duc de Ferrare, n'ayant alors rien de mieux sous la main, envoya deux trompettes si retentissantes que tout le monde en parle encore avec admiration : un Arioste et un Tasse [1], dont il s'honore plus que de ses villes et de ses châteaux. Alexandre, arrivé au fameux tombeau d'Achille, aurait voulu posséder de semblables trompettes.

61

Le duc d'Urbin, doublement armé [2], n'oublie pas ses études littéraires ; aussi ne fait-il pas d'envoi, tout occupé qu'il est de sa grande

(1) Il est probable que Lalli veut parler de Bernardo Tasso, né en 1493, mort en 1569, auteur de l'*Amadis de Gaule*, père de l'auteur de la *Jérusalem délivrée* et contemporain de l'Arioste, né en 1474, mort en 1533.

(2) La Rovère (François, Marie II, de), duc d'Urbin. Doublement armé parce qu'il était prince guerrier et amateur des belles-lettres. Né vers 1541, mort en 1631, il eut un fils, qui mourut avant lui. Il fut grand protecteur des lettres et laissa son duché au pape Urbain VIII. La comparaison avec le Phénix n'est donc qu'un à peu près, comme la présence de ce duc au marché du Saint-Bois.

et fameuse bibliothèque. Je dirais que la nature a eu grand tort de ne pas lui donner un héritier, si je ne savais pas que l'immortel Phénix n'en eut jamais.

62

Gênes et Milan doublèrent, pour leur sûreté, les clefs et les verroux de leurs portes, mais par terre et par mer, par les monts et les plaines elles coururent offrir de riches présents. Ces gens savaient combien ce Mal est terrible pour ceux qui ne sont pas des chapons et qu'avec de grands dangers de mort il les rend incapables de faire des enfants [1].

63

La grande Reine de l'Adriatique résolut de ne se montrer en aucune façon, pensant que, pour guérir un Mal si gênant, il fallait autre chose que du Bois. Le Roi des Alpes [2] ne laissa voir aucun signe de crainte, car il

(1) Opinion aventurée. — La syphilis n'atteint pas le pouvoir générateur, mais la vitalité du produit de la conception, ce qui n'est pas la même chose, puisqu'avec les soins appropriés ce grave inconvénient peut disparaître.

(2) C'est le duc de Savoie, celui qui commande les principaux passages des Alpes.

Il s'agit ici de Philibert II, d'abord compagnon de Charles VIII, puis ennemi déclaré de Louis XII, ou bien si Lalli fait par flatterie un de ses anachronismes habituels, de Charles Emmanuel I dit le Grand.

sait, toujours et partout, guérir tous les maux par le fer et le feu.

64

Brescia, avec son fer et son acier, arriva sans retard, apportant des couteaux de boucher, affilés, très longs et coupant comme des rasoirs. Plus tard les tribunaux jugèrent que c'étaient d'excellents outils pour écorcher les gens, surtout ceux qui, plus ouvragés, étaient pointus et à deux tranchants.

65

Le Français ne donna rien, irrité qu'on eut voulu donner son nom à cette maladie, alors qu'il n'y avait de sa part ni faute, ni tort, le Mal étant venu d'ailleurs. Aussi voulait-il se venger avec le fer, dût-il traverser non seulement les Alpes, mais Abila et Colpé [1].

66

Il faudrait plus d'un an pour nommer les autres villes qui allèrent à Naples les mains pleines et c'est assez de dire que, pour se tirer de peine, tous les peuples du monde s'y rendirent. Les citer un à un n'amuserait guère et même ennuierait trop ceux qui m'écoutent. Ma feuille est déjà remplie ; que celui qui n'y est pas me remercie.

[1] Voir la note de la strophe 2, chant I.

67

Dévorés du Mal jusqu'aux moelles, certains docteurs venaient ensuite qui n'avaient jamais eu rien de mieux que les Répertoires et Cepolla [1]. Leurs livres étaient, au dedans et au dehors, troués par les vers qui y avaient laissé leurs nombreux cachets et, sur un doigt de poussière, on y voyait écrit et comme gravé l'A. B. C. [2].

68

Ils demandaient du Saint-bois pour guérir du Mal français leurs bouquins et proposaient de donner en échange des tripes et du boudin. Cela parut à tout le monde une idée de fous et une demande faite par des ânes ; mais, pour les épousseter, on leur donna du bois, du plus rond et du plus gros [3].

69

Après eux parurent un nombre infini de gens pauvres mais lettrés, accablés de souf-

(1) Cepolla ou Cœpolla (Barthelemy), jurisconsulte né à Vérone et mort vers 1474 ou 1477. — Il professa à Padoue avec beaucoup de succès.

(2) Preuves de la paresse et de l'ignorance de ces hommes de loi, qui laissaient manger leurs livres aux vers et savaient à peine leur rudiment.

(3) Calembourg sur le mot *legno* qui veut dire bois, et en même temps, bâton.

frances et mis à mal par une dame atteinte du Mal français, la Disgrâce. Ils n'avaient plus un poil, ils envoyaient au diable leur travail et, pour leur plus grand malheur, cette infirmité avait pénétré jusque dans leur bourse.

70

Ils avaient cherché à s'en débarrasser et à vaincre la malignité de leur étoile par la diète, l'eau et le pain grillé, suant en janvier comme en août ; mais ils n'avaient pas trouvé le médecin de Sermoneta [1] qui n'est jamais chez lui et ne voit que les bons compagnons, voués au commerce et au gain.

71

Sans médecins, sans aide et sans posséder un sou, ayant appris l'efficacité du Saint-Bois, ils allèrent, eux aussi, lui demander des secours. Gonsalve, homme plein de bonté, leur en donna sans qu'il fut question d'or ni d'argent, et même il fut affligé de leurs maux, jusqu'à verser des larmes.

---

(1) Allusion à un médecin probablement savant, mais qui préférait les riches aux pauvres, et qu'on ne rencontrait jamais, parce qu'il était joueur et passait sa vie à jouer et spéculer avec les marchands, d'où la plaisanterie du poète.

72

On dit encore que Nostradamus, le merveilleux astrologue, arrivé là par hasard, eut pitié d'eux et calcula le thème de nativité du Mérite et son avenir. Il trouva qu'il devait toujours rester dans un habit râpé, triste et la tête basse, parce que Saturne et Mars occupaient la plus noble partie de l'horoscope.

73

Mais, en considérant les révolutions des siècles futurs, il reconnut que les chagrins et les douleurs du Génie se calmeraient peu à peu, que, les nuages obscurs se dissipant en partie, il ne mendierait pas toujours et que des princes compatissants rendraient sa route moins pénible.

74

Plus que tout autre, un souverain, Urbain VIII (1) le couvrirait des vêtements les plus riches et l'élèverait au rang suprême ; le divin nectar mettrait fin à ses longues angoisses en conjurant la malignité du destin ; en-

(1) Maffeo Barberini, né à Florence en 1568, pape en 1623, mort en 1644, hérita, par don, du duché d'Urbin en 1631. (Voir note 2, page 118 et note 2, page 175).

fin, de la misère et de l'abaissement, il arriverait à régner sur le Monde.

75

Cependant les Espagnols et les Génois rendirent facile le voyage de l'Inde ; le Saint-Bois arriva si bien qu'en peu de mois chacun put en avoir autant qu'il en voulait. De plus, Jupiter apaisa le courroux de Junon. Une certaine nuit qu'il la serrait de fort près, il lui promit, foi de chevalier, d'envoyer faire f..... ailleurs son échanson.

76

A présent, qui veut du Saint-Bois se le procure et le mette en usage avant que le Mal soit invétéré. Mais ne croyez pas recouvrer parfaitement la santé ; car, une fois que la pureté du sang a été corrompue, le Mal passe son temps à faire la chattemite et la coquette (1). D'ailleurs Aristote lui-même n'a jamais pu rendre neuf un pot fêlé.

77

C'est ainsi que je plaisantais un jour sur cette infernale maladie pour rendre prudents ceux qui me liront. S'il n'y a pas de sel dans

(1) Au point de vue médical cet aphorisme est un des meilleurs de tout le poème.

L

ma soupe, c'est la faute de ma Muse qui est une souillon [1]. Prenez ma monnaie pour ce qu'elle vaut ; elle est frappée pour votre bien et pour mon amusement. Maintenant, bonne nuit, car il est tard, et que Dieu nous garde tous du Mal français !

(1) *Guattara* : mauvaise cuisinière, laveuse de vaisselle.

TABLE DES MATIÈRES

———

———

Clermont (Oise). — Imprimerie DAIX frères.

www.ingramcontent.com/pod-product-compliance
Lightning Source LLC
Chambersburg PA
CBHW051821020726

47502CB00005B/1574